新潮文庫

両性具有の美

白洲正子著

新潮社版

7095

目次

両性具有の美

オルランドー

「オルランドー」という映画を見た。

ヴァジニア・ウルフの同名の小説を映画化したもので、私は前に読んだことがあったが、あまりに精巧で華麗な形容詞がちりばめてあり、途中でめんどくさくなって投げ出してしまった。原文で読めばそんなことはなかったであろうが、翻訳が原作に忠実でありすぎたため、冗漫になったに違いない。外国語を日本語に訳すことのむつかしさで、それは単に言葉だけの問題ではないと思う。

映画になれば単純化せざるを得ないから、はるかにすっきりしたものになるだろう。と、そう思ったのは間違いで、確かにある部分は省略されていたものの、冗漫な点では同じであった。それでも最後まで見てしまったのは、やはりこの作品に少なからぬ興味をおぼえたからに他ならない。

有名な小説なので御承知の方は多いと思うが、オルランドーというのは、エリザベス女王に仕えたサックヴィル家の青年貴族で、女王はその若さと美しさを愛《め》でて、「けっして老いてはならぬ」という条件のもとに、ガーター勲章と立派な館《やかた》を賜わった。

やがて女王は亡《な》くなり、ジェームス一世の時代になって、英国をおそった未曾有《みぞう》の寒波の中で、オルランドーはロシアの姫君と逢《あ》う。二人は愛し合い、駆け落ちすることを誓ったが、姫君に裏切られたため、悲しみのあまり昏睡《こんすい》状態に陥った。六日間の深い眠りから目ざめた彼は、心機一転、詩人のグリーンについて詩を学ぶことにする。彼は幼少の時から、館の庭の樫《かし》の大木のもとで夢想したり、詩を作ることを好んでいた。この美しい樫の木は、サックヴィル家の歴史を象徴するような存在で、彼自身にとっても創造力の源泉となる大切な樹木であった。が、自信にあふれた作品をグリーンに嘲笑《ちようしよう》されたため、すべてを擲《なげう》ってオリエントへ旅立って行く。

オリエントの王子は、オルランドーが気に入って直ちに兄弟の契《ちぎ》りを結んだ。その頃にはアン女王の時代に変っており、オリエントの国は敵国と戦争するはめになっていた。そこで、王子から味方になって武器をとることを迫られるが、敵兵が目前で死んで行くのを助けるすべもなく、そのショックでまた昏睡に陥る。七日目に再び目ざめた彼が姿見の前に立って見たものは、女の姿に変った自分自身であった。「同じ人間で、何も変ってはいない。変ったのは性だけだ」と、彼は呟《つぶや》く。時は矢のように過ぎて一七五〇年、イギリスへ帰った彼は、いや彼女は、社交界の花形になっていた。だが、当時の女性には財産権がない。絶望して、草原に倒れ伏したオルランドーは、大空へ向って、「自然よ、あなたの花嫁にして下さい」と叫ぶ。その声に応ずるように、突然現れたのは、馬に乗った男――自由を求めるアメリカの青年だった。二人は自由を讃《たた》え、男女について語りながら恋に落ち、甘美な一夜をすごす。

そこへヴィクトリア女王からの使者が来て、「男の子を生まなければ、財産は没収される」との通達。男は結婚してアメリカへ行こう、と誘うが、オルランドーは拒絶し、やがて妊娠した彼女は戦場で砲弾の飛び交う中を逃げまどう。時代は既に二十世紀に達しており、世界大戦がはじまっていたのである。

次は現代のロンドンで、オルランドーは部厚い原稿を、詩人グリーンに似た編集者に渡している。「これを書くのに何年かかったかね?」と彼は訊《き》くが、オルランドーには答えることができない。

四百年を経た現在、彼女は没収された館を子供とともに訪れ、自分の肖像画の前に立つ。そこでも「何も変っていないじゃないか」といいたかったに違いない。

原作では男の子だった子供が、映画では女の子になっており、彼女が元気よく遊んでいるかたわらで、オルランドーはかつて愛した樫の巨木の根元で死んで行く。両性具有の夢と、その後継ぎを遺《のこ》したことの満足感で、気を失っているだけかも知れないが、その時虚空《こくう》に天使が現れるので、私たちは死んだことを知るのである。

唐突として現れるこの天使は滑稽《こっけい》で、ぶざまで、とても両性具有を象徴した美の権化《ごんげ》のようには見えない。しょせん人生はいくら長く生きても幻にすぎないことを示唆《しさ》するトリックスターとして現れたのかも知れないが、日本人の眼にはおかしなものに映ったことは事実で、若い観客の間にまで時ならぬ失笑が起っていた。

概略を述べるつもりが、思わず長くなった。映画は現代風なスピード感にあふれていたが、スピードはあっても、冗漫さに変りはなく、私が想像したほど面白くも美しくもなかった。もともとフェミニズムは政治運動に発しており、ヴァジニア・ウルフはそれを小説の発想としたので、手の込んだ暗喩《あんゆ》に満ちており、はじめから映画には向いていなかったのだろう。人間の心の奥底に秘められた願望を、視覚的にとらえようとするのがそもそも無理な話で、そこに私は「芸術映画」の限界を見る思いがした。

オルランドーは女優が演じたが、妙にギスギスして色気がなく、若い男のバレエ・ダンサーか何かの方がいいと思ったが、もし女優にこだわるなら、グレタ・ガルボ以外に、このむつかしい役をこなす役者はいなかったであろう。しいていうなら中性的と名づけてもいいが、中性と両性具有の間には微妙なニューアンスの違いがある。

両性具有とは、人間が男女に分れる以前のかたちであって、力強い男性神のヘルメスと、女性美の極致であるアフロディテが合体してできた言葉を「ヘルマフロディトス」と呼んだという。エジプトやギリシャの彫刻にいくつか見ることができるが、乳房とペニスを持った神々は、具体的にすぎて少しも美しくはない。日本では「ふたなり」と称し、鎌倉時代の病草紙《やまいぞうし》に描かれているが、こちらの方は神さまではなく、人間であるのが醜悪さを通り越して哀れに見える。

してみると両性具有というのは、あくまでも精神的な理想像であって、プラトンのいう「アンドロギュノス」と呼ぶのが適しているだろう。アンドロギュノスは、あまりに完全無欠であったため、神に逆らうものとして男女二つの性に引裂かれてしまった。その原初の姿に還《かえ》ろうとして、男女は互いに求め合う。これが「エロス」のはじまりだというのである。

「オルランドー」の映画の背後には、ギリシャ以来の長い伝統が秘められているのだ。

それを語ろうとすると、煩雑《はんざつ》になるのは止《や》むを得ないが、オルランドーという存在は、ヴァジニア・ウルフが夢みたファンタジイであるとともに、彼女自身の心の遍歴とみても間違ってはいないと思う。時間と空間を超越したこの小説は、政治経済から心理学に至る、フェミニズムからファッションに及ぶ、世の中のありとあらゆるものを含んでおり、象徴主義と合理主義が奇妙に入交《いりまじ》った作品自体に、いわば両性が共存していることを示唆するものがあるといえよう。

それにしても、一人の人間が両性を具備している筈《はず》であるのに、はじめは男、次に女に変身するというのは何といっても不自然である。それでは完全な両性具有者とはいえまい。似たような発想のもとに、バルザックは『セラフィタ』という小説を書いたが、同じように象徴的であっても、この方がはるかに美しく、解《わか》りやすい。

場面は若い男女が天地の境い目のような危険な山道を辿《たど》るところにはじまる。そこからはノールウェイのフィヨルドがくまなく見渡されるが、バルザックの饒舌《じょうぜつ》はその豊かで詩情にみちた風景を、虫眼鏡で見るようなあんばいに描写して行く。

そこでは男は「セラフィトス」と呼ばれ、女はミンナで、ミンナはウィルフリッドの許婚者である。

彼女にとって、セラフィトスは、「堂々として男性的な人物、しかし、男が見れば、女性的なやさしさによって、ラファエロの描いた最も美しい肖像も影が薄くなるような人物は、今まで知られたタイプのどれにも当てはまらないであろう」と作者はいう。それに対してウィルフリッドは、地上的なタイプの男性で、そういう人物に備わった力とか強さとか男らしさとか、あらゆる長所を持っている。にも拘《かか》わらず、ミンナはセラフィトスに惹《ひ》かれるが、彼には終始冷たくあしらわれる。地上的な、更にいえば動物的な恋情など認めていないからで、彼の愛情は男女を超えて、世のあらゆるものに向っている。

別言すればそれは神の慈悲に等しいもので、人間にとっては決して満たされぬ願望であるから、深い憂《うれ》いに沈んでいるが、その悲しみが彼の透き通った美しさにえもいわれぬ優しさと静けさを与えており、女に対しては男（セラフィトス）、男に対しては女（セラフィタ）として接し、男女を問わず人々を魅了するのである。

終りの方ではスウェーデンボルグの長々とした学説がつづくが、読者にとってはなくもがなで、最後に彼は両性を具有したセラフィタとして死んで行く。セラフィタの名は、熾天使《してんし》セラピムから出た言葉だそうで、ギリシャへ還ろうとしたルネッサンスの芸術家たちの理想を、十九世紀の文学に移植した感がなくはない。実際にも読んでいる間に私は、ダ・ヴィンチの「ジョコンダ」のあの冷たくて官能的な微笑がおのずと浮んでくるのをどうしようもなかった。『セラフィタ』の最初のシーンが、危険な山道を男女が辿るところにはじまるのも、一歩踏みはずせば下界に転落することをバルザックが自覚していたために他ならない。

この作品は、ポーランドの大貴族、エヴェリーナ・ハンスカ夫人(後にバルザックの夫人となった)に乞《こ》われて書いたものとかで、彼女の言葉によると、「『ゴリオ爺《じい》さん』は毎日でも書けるが、『セラフィタ』は生涯《しょうがい》に一度しか作れません」と、バルザックはいったそうである。地獄は書けるが、極楽を書くのは難しい。褒貶《ほうへん》相半ばするのは当然だが、ハンスカ夫人がいなかったならば、『セラフィタ』は日の目を見なかったかも知れない。

彼女がどのような女性だったか、その方面の知識にとぼしい私は知る由《よし》もないが、解説を書いた須永朝彦氏は、「北欧には稀《まれ》に驚くべき美貌《びぼう》の持主がおり、そんな一人をバルザックが見なかったとは言いきれない」と記している。それはグンナルソンと名乗るアイスランドの青年で、「単に金髪碧眼《へきがん》の美貌というのではなく、男女の判別にとまどうような不可思議な表情をたたえていた」。またスウェーデンのアルペン・スキーヤーとして知られたインゲマル・ステンマルクと呼ばれる当時廿歳《はたち》の青年も、宗教的な静けさが漂うという点ではグンナルソンを上まわっていたという。

バルザックが熱烈に愛したほどの人物なら、ハンスカ夫人も、天性の美貌に加えて、男性の透明で神秘的な雰囲気をたたえていたのではなかろうか。またしても私は、「ジョコンダ」の微笑を思い出さずにはいられないが、それは極めて危険なものであることも忘れてはなるまい。

なおハンスカ夫人あての手紙によると、バルザックは、二人の天使に見守られるキリストを両性具有者と考えていたらしい。このような見方は両性具有の神話の歴史の中では決して珍しくないようであると、須永氏はつけ加えている。

そういえば、昔、小林秀雄さんの家で、ルオーの美しい油絵を見たことがある。わずか二号か三号ほどの横長の小品で、真中に少女のような人物が描いてあり、両側に二人の男が並んでいる。バックの白っぽい彩色のところどころに、ルオーに特有な透明なブルーが浮び出ているのが美しく、例のとおりの厚塗りなので、そばで見ると何が描いてあるのかよくわからない。が、遠くへ離れれば離れるほど輪廓《りんかく》も色彩もはっきりするといったような不思議な絵画であった。

少女のように見えたのは実はキリストで、題名を「キリストとドクトゥール」というのだが、二人の男が博士なのか学者なのか、いずれ聖書の中にある寓話《ぐうわ》であろうが、そういうことには至って無知なので解明できないのは残念である。

そのかわり（といってはおかしいが）、少女のように可憐《かれん》で一種悲しげな表情をたたえた人物が、キリストであることは一目瞭然《りようぜん》であった。

ルオーは殆《ほと》んどキリストしか描かなかった画家で、道化者にもアルルカンにもその面影が揺曳《ようえい》しているが、彼もまたキリストを両性具有者の一人と見ていたことは間違いない。生ま身の人間の場合は、死ななければ完《まった》き両性具有には到達し得ないことを、『オルランドー』も、『セラフィタ』も、物語るようであった。

『オルランドー』という作品は私小説の一種と私は思っている。ヴァジニア・ウルフが自殺に追いこまれたのも、当然の成行きではなかったであろうか。

菊花の契《ちぎ》り

両性具有という言葉が一般に用いられるようになったのは比較的最近のことであろう。南方熊楠《みなかたくまくす》、稲垣足穂《いながきたるほ》、三島由紀夫などの著書にも見当らないようで、ヘルマフロディトスの直訳ではないかと思う。そういういささか硬質で学術的なひびきを持っているが、やまと言葉では「ふたなり」と称し、病草紙《やまいぞうし》に哀れな姿をさらしていることは前章で触れた。

たしかに病であれば人間にとってこれ程恥しく不幸なことはないのであるが、ギリシャやローマでは逆に持て囃《はや》された場合もあるようで、中国でも男が子を産んだり、年上の女が嫁入り前の生娘に性の快楽を教えたことを南方熊楠は指摘している。その中には本物のふたなりもいただろうし、また双生児の片方が何かのかげんで兄弟の体内で成長し、後で生れたという例もある。義仲の乳母子《めのとご》であった巴御前《ともえごぜん》は、正真正銘の女でありながら、「内には童《わらは》を仕う様にもてなし軍《いくさ》には一方の大将軍にして更に不覚の名を取らず」（源平盛衰記）といったような女性もおり、熊楠は若衆女郎のようなものではなかったかといっている。最近では手術によって性の転換を行うことも可能になったのは、私たちもしばしばテレビや週刊誌などで見ることができる。

いずれにしてもこの世界は複雑怪奇で、両性具有とひと口にいっても、ピンからキリまであり、天界の神々から地上のホモやレスビアンに至るまで網羅している。岩田準一の研究によると、日本には男色の文献が二千近くもあり、その他の稚児《ちご》とか陰間《かげま》とかおかまなどの名称は七十以上を数えるという。男色は日本だけではなく、ギリシャ・ローマは元より中近東でも印度でも中国でも昔から盛んに行われたが、或《あるい》は宗教上の制約から、もしくは常民の生活から逸脱しているところに魅力があったのだろう。だが、そうとばかりもいえないのは、十三、四から二十歳《はたち》前の男の子には、誰が見ても人間ばなれのした美しさがある。それがわずか四、五年、長くて六、七年で消えてしまうところに物の哀れが感じられ、ツバメの趣味なんかまったく持合せていない私でさえ、何か放っとけないような気持になる。シモヌ・ド・ボヴォワールは、「人は女に生れるのではない、女に成るのだ」といったが、男は男に成るまでの間に、この世のものとも思われぬ玄妙幽艶《ゆうえん》な一時期がある。これを美しいと見るのは極めて自然なことであり、別に珍しいものではないと私は思っている。

日本武尊《やまとたけるのみこと》が女装して熊襲《くまそ》を征伐に行ったり、神功《じんぐう》皇后がみずらに結い、男の姿になって新羅《しらぎ》を攻めたのは、多分に呪術《じゆじゆつ》的な意味もあったに違いない。が、熊襲の首長のタケルは、日本武尊が女人の中に交って、宴《うたげ》の席にいるのを見、「其《そ》の童女《をとめ》の容姿《かほよき》に感《め》でて、則《すなは》ち手を携《たづさ》へて席《しきゐ》を同《とも》にして、坏《さかづき》を挙げて飲ましめつつ、戯《たはふ》れ弄《まさぐ》る。時に、更深《よふ》け、人闌《うすら》ぎぬ」という日本書紀の描写には、多分にエロティックな気配を感じさせる。そもそも「席《しきゐ》を同《とも》に」するという言葉が、古語では寝所へ連れて行くことを意味したのである。もっともタケルはひどく酔っぱらっていたから、男女の別など気づかなかったであろうが、皇子に殺されようとした時、苦しい息の下から、せめてあなたのお名前を承りたいといったので、自分は景行《けいこう》天皇の御子《みこ》、「日本童男《やまとをぐな》と曰《い》ふ」と彼は答えた。

タケルは更につづけて、わたしはこの国中で一番強いものです。みな畏《おそ》れて従わぬものとてありませぬ。今まで多くの武勇にすぐれたものに遇《あ》いましたが、未《いま》だに皇子のような人物を知りません。わたしは賤《いや》しいものですが、その賤しいものの口から、尊号《みな》を奉《たてまつ》りましょう。許して下さいますかと述べ、皇子は了承した。

そこで、「今より以後《のち》、皇子《みこ》を号《なづ》けたてまつりて日本武《やまとたける》の皇子《みこ》と称《まう》すべし」と宣言した後、息絶えたのであった。

古事記では、「倭建命」となっており、その方が古風で私は好きなのだが、はじめて読んだ時は何だかタケルが哀れでならなかった。が、今はそうは思わない。自分の名前を他人にゆずるというのは当時としてはよほどのことで、魂を与えるのと同じことを意味したに違いない。彼は皇子の美貌《びぼう》と武勇にゾッコン惚《ほ》れこんでしまったのだ。見ようによっては、これは死と再生の物語で、日本武は童男《おぐな》からおとなの武人に生れ変ったのである。後世の「元服」につながって行く日本の武士の伝統で、さしずめクマソ・タケルは「烏帽子親《えぼしおや》」の役目をはたしたといえるであろう。「同性愛としての男色が、国初時代から存していたことは事実である」と中山太郎はいっている（『売笑三千年史』）。

神功皇后が紀伊国の小竹宮《しののみや》に滞在した時、まったく日の光を見ずに暗い夜が何日もつづいた。人々は「常夜行く《とこやみ》」といって嘆いたが、皇后が一人の老父《おきな》に問うと、このような怪異を「阿豆那比《あづなひ》の罪」というと教えた。理由を聞いてみると、小竹《しの》の祝《はふり》と、天野《あまの》の祝は、仲のよい友人であったが、小竹の祝が病で死んだため、天野の祝は号泣し、我らは生きている時に「交友《うるはしきとも》たりき。何ぞ死して穴を同じくすること無けむや」そう言い残して死体のかたわらに伏して自殺してしまった。よって、合葬することにきめたといい、墓を掘り返してみるとそれはほんとうのことだった。で、別の棺《ひつぎ》におさめて、それぞれ別の墓に埋葬したところ、忽《たちま》ち日の光が照りかがやき、昼と夜とが分れたのであった。

中山氏によると、「阿豆那比」の罪については古くから異論があり（岩波古典文学大系にも語原未詳としてある）、定説と見るべきものがなかったが、岡部東平の研究ではじめて右のように明らかになったという。

なお小《お》山田《やまだ》与清《ともきよ》の男色考には、中大兄皇子《なかのおおえのおうじ》と鎌足《かまたり》の間にも、「菊の契《ちぎ》り」があったと書いているが、これは出所も不明なのでとるに足らない。だが、この不祥事が太古から存していたことは事実で、後世のようにそれを営業とするようなことは、当代においては絶無であると中山氏は言い切っている。絶無などころか、現代ほど世界中ではやったためしはないと思うが、だいたい同性愛を「不祥事」と見なすところが学者の偏見で、もちろん学者といってもいろいろだが、柳田国男ほどの人物が、南方熊楠や折口《おりくち》信夫《しのぶ》と袂《たもと》を別ったのも、元はといえばそういう了見のせまさにあった。というより、学者や官僚が身につけた鎧《よろい》の重さが、自由な発言から遠ざけたのだと思う。

ちなみに、「菊の契り」という言葉は、少年の肛門《こうもん》のかたちから出ており、「菊華の交り」とか「菊契」といえば、同性愛のことを意味した。

その一方では、菊の花の穢《けが》れを知らぬ美しさと、清冽《せいれつ》な芳香と、寒さにもめげずに咲くけなげさに、少年の純真な心を見たからで、何事につけ光と影の両面がなくては面白くない。自然に発生した同性愛を、両性具有の思想にまで高めるか、ただ一過性の経験に終るかは、それぞれの人間の器量による。

能楽の「菊慈童」と「枕慈童《まくらじどう》」は、同工異曲の能で、表向きは男色をテーマにしてはいないが、その名前からして妖《あや》しげなひびきがある。

太平記（巻第十三）に原典があり、昔、周の穆《ぼく》王が釈尊から授ったお経を枕の中におさめて大切にしていた。王は「慈童」という名の童子をいたく寵愛《ちょうあい》していたが、ある時彼が誤ってその枕をまたいだ。群臣が集って協議した結果、死罪一等を減じて遠流《おんる》に処すこととなり、慈童を酈県《れきけん》という深山に流した。そこは鳥も鳴かぬほどの高山で、虎狼《ころう》が多くいるので、未だかつて誰も生きて帰ったためしはない。不愍《ふびん》に思った穆王は、かの経の一部をひそかに慈童に与え、毎朝唱えるように教えておいたが、もし忘れることがあってはならないと、経文をかたわらの菊の下葉に書きつけ、その露のしただりを飲んでいる間にいつしか仙人と化し、八百年を経ても美しい童子のままで年月をすごしていた。

クイーン・エリザベスの命により、四百年を生きたオルランドーに似なくもないが、こちらの方は仙界の住人であるから既に男女の別はなく、姿だけが童子のままで、両性具有者として生きつづけたのである。

そこへ魏《ぎ》の文帝の使者が訪ねて来て、慈童と逢《あ》うところから能ははじまる。彼は証拠として経文の入った穆王の枕を示し、帝に不老長寿の齢《よわい》を授け、永遠の生命を祝福する舞を奏《かな》でて山路の仙家に帰って行った。

「菊慈童」も、「枕慈童」も、時代が違うだけでまったく同種の曲で、ところどころに男色を示唆《しさ》する句がまじっている。

「それ邯鄲《かんたん》の枕の夢、楽しむこと百年《ももとせ》、慈童が枕は古《いにし》への、思ひ寝なれば目も合はず」

「夢もなし、いつ楽しみを松が根の、嵐《あらし》の床《とこ》に仮寝して、枕の夢は夜もすがら、身を知る袖《そで》は干されず。頼みにし、かひこそなけれひとり寝の枕言葉ぞ恨みなる」（観世流「菊慈童」）

もしかすると、ヴァジニア・ウルフは、この中国の説話を読んでいたのかも知れないが、「オルランドー」の映画を私は、友達とふたりで見に行って、その大げさで饒《じょう》舌《ぜつ》な演出を、「菊慈童」とひき比べて、日本人なら七百年や八百年は一足跳びで超えてしまうのに、西洋人はなんて面倒な手つづきがいるんだろうと、語り合ったことであった。だから「冗漫」に見えたのだが、それが伝統の違いというもので、では、我々に『オルランドー』や『セラフィタ』が書けるかというと、とてもできやしない。特にバルザックの緻密《ちみつ》で精巧なフィヨルドの描写などは、そのまま深遠な両性具有の思想を物語るかのようで、それは自然の擬人化でも、もちろん説明でもない。しいていうなら抽象化された山川草木の姿といえようか。何でも阿吽《あうん》の呼吸でわかり合える私たちには、その長広舌が我慢できないのだ。我慢できないということは、そういう根強いエネルギーを持合せてはいないからで、たとえていえば十七文字の俳句で充分だということになろう。だからといって、道教や仏教に培《つちか》われた東洋人の伝統の方が優れているというのではなく、できもしないことを真似《まね》てみたところで、ただ文化の持っている味を薄めるだけではなく、多くの誤解はそこから生れると私は思っている。

クマソの本貫《ほんかん》は九州の南端、日向《ひゅうが》と大隅《おおすみ》と薩摩《さつま》にわたる広大な地域で、上古にはまだ「国」の形態をなしていなかったと思われる。そこには何十人ものタケルのような首長が跋扈《ばっこ》しており、ただ強さを誇るだけの原始人であったため、一つにまとまる力を持たなかったし、考えてみる智恵《ちえ》も働かなかったであろう。早くも五世紀半ばには大和政権に服属したと伝えるが、隼人《はやと》と呼ばれたのはその頃なのか、それともクマソの中の一部であったのか、私は知らない。だが大和の朝廷で隼人族と呼ばれていたことは確かで、天皇の前駆をつとめたり、隼人舞を演奏したりしていた。古事記伝によると、「すぐれて敏捷《はや》く猛《たけ》勇き人」が語原だそうで、クマソと大差なかったように見える。

彼らは日向隼人、大隅隼人、薩摩隼人などと出生地によって区別されていたが、その中では薩摩隼人が男色の道では群をぬいていたことは一般によく知れわたっている。クマソの伝統かどうか知らないが、それは都ぶりの優雅な稚児とはちがって、荒々しい武家の間の風習で、少年のことを「兵児二才《へこにせ》」と称した。もともと兵児とは卑《いや》しいもののことをいったらしく、兵児帯の名もそこから出ている。その兵児帯も、はじめはふんどしを帯のかわりにぐるぐる腰に巻きつけたものとかで、男らしいといえば聞えがいいが、実は野蛮な身なりを誇りにしていたにすぎない。

だが、それはただの風俗ではなかった。読んで字の如《ごと》く、兵児とは武士の集団、もしくは結社ともいうべきもので、そこのところが僧院や公家《くげ》たちの男色趣味とは異なっている。

中沢新一によると、六、七歳から十四歳の八月までの幼い少年のグループを「兵児山」といい、十四歳の八月から二十歳の八月までを「兵児二才」と呼んだ。そして、二十歳の八月から三十歳までの大人を「中老」と称し、兵児の組織を厳しく統率していた。その組織のことを「郷中《ごうちゅう》」といった。八月というのは何を意味するのか判《わか》らないが、農耕の祭と関聯《かんれん》して、何らかのイニシエーションが行われたのではなかったか。くわしくは『浄のセクソロジー』（河出文庫）を読んで頂きたいが、武士を育てるのを目的としたから、武芸を鍛えるのと、「恥を知る」ということが一番重要な教育方針であった。もちろん彼らの間に肉体的な交渉があったのは当然で、「菊花の契り」を結ばぬような男性は一人前には扱われなかった。

かくいう私も先祖代々薩摩隼人の末裔《まつえい》で、子供の頃には「よか稚児」とか「よか二《に》才《せ》」という言葉をしじゅう耳にしたものである。それについて思い出すのは津本陽氏から聞いた祖父（樺山資紀《かばやますけのり》）の話で、『白洲正子自伝』（新潮社）にも書いたことがあるが、周知の事実でありながら、意外に男色についての文献が少いのは、それがあまりに日常の生活に密着したものであるとともに、一種の秘密結社を形成していたためかも知れない。

薩摩には「示現流《じげん》」と名づける剣法があるが、その使い手の指宿《いぶすき》藤次郎が、ある日、京都祇園《ぎおん》の石段下で幕府の見廻り組に殺された。その時、前田某という若侍がいっしよにいたが、彼は恐れをなして逃げ出してしまった。

その葬儀の場に、気性の烈《はげ》しい橋口覚之進という若侍がいて、前田が焼香をした時、一刀のもとに首を刎《は》ね、首は指宿のお棺の中に落ちた。

「こいでよか（これでいい）、蓋《ふた》をせい」

と、橋口は顔色も変えずに指示したが、先の「阿豆那比の罪」をみてもわかるように、兄弟の契りを結んだものには、合葬するならわしがあったのではなかろうか。その橋口覚之進という若者が、後に樺山家に養子に入り、資紀を名のったのである。

この事件がいつ起ったたか、はっきりしたことを私は知らないが、資紀は「高見馬場郷中」に属しており、養子縁組をする前のことだから、まだ若かったに違いない。せいぜいはたちか、それ以前の出来事で、念友の指宿藤次郎の仇を討ったのかも知れないし、もしくは前田某が資紀の稚児さんで、兄貴分として責任をとったとも考えられる。すべては茫漠《ぼうばく》とした歴史の雲のかなたにかくれてしまったが、あの静かで寡黙《かもく》な資紀にもそのような過去があったことを、私は無量の感慨をもって憶《おも》い出さずにはいられないのである。

賤《しづ》のをだまき

森鷗外の『ヰタ・セクスアリス』にこんなことが書いてある。

十三歳になった時、鷗外は東京英語学校に入った。生徒は十六、七から二十代で、軟派と硬派とにわかれていた。軟派は春画を見るのが趣味で、硬派はそんな怪しげな画には見むきもしない。「平田三五郎」という少年のことを書いた写本があり、それを引張り合って読むのである。鹿児島の塾などでは、毎年元旦《がんたん》にこの本を読むしきたりになっていたという。

三五郎という前髪と、其《その》兄分の鉢鬢奴《ばちびんやっこ》との間の恋の歴史であって、嫉妬《しっと》がある。鞘当《さやあて》がある。末段には二人が相踵《あいつ》いで戦死することになっていたかと思う。これにも挿画《さしえ》があるが、左程見苦しい処はかいてないのである。

この物語を「賤《しづ》のをだまき」と呼んでいることを私は後に知ったが、鷗外が『ヰタ・セクスアリス』の中でふれたので一躍有名になった。「鉢鬢奴」とは、慶長二年頃の実に俠気《おとこぎ》を気取ったはでな髪型のことだが、実際の物語はもっと古く、元禄時代話にもとづいており、だいたいの筋書は鷗外が書いているとおりで、これ以上つけ加える何物もない。男色が盛んでありながら男色についての文献が少い薩摩《さつま》の国に、唯《ゆい》一《いっ》の資料といえるものはこの物語ぐらいで、男色というのもちょっと気がひけるほど純粋無垢《むく》な男の友情譚《たん》なのである。

ただし、文章はけっして上手とはいえない。もともと文学などとは縁遠い地方のことだから、ふれば落ちなん風情《ふぜい》の少年の美貌《びぼう》を語ろうとしても、「未《いま》だ若木の八重桜、咲くや二六の春の色、色香ぞ深きみかの原、湧《わ》きて流るる泉川、いつみきとてか恋しかる……」などと、百人一首を引合いにしなければ表現できないという未熟さだ。室町時代の教養ある都びとの手になる物語とは雲泥《うんでい》の差で、大事なところではきまって七五調に逃げるので、興をそがれること甚だしい。それならいっそ下手は下手なりに地の文章で押し通した方がいいと思うのだが、この本の読者は、正月元旦に第一番に読むというほど気を入れていたのだから、薩摩の人々にとっては、男色の文献というより道徳の書とみなされていたに違いない。

かなり長い物語であるが、全部暗誦《あんしよう》していた人たちもいるそうで、覚えやすいように七五調になっていたのかも知れないし、はじめは薩摩琵琶《びわ》などの歌いものではなかったかと想《おも》われる。江戸末期には同名の洒落本《しやれぼん》もあるが、これとは全然趣の異なるもので、原本の末尾には二首の歌が記してある。

繰返し心を留めて見るに尚《な》ほ
道の奥知る賤のをだまき

変らじと互ひにかはす言の葉の
誠を照らす鏡とやせん

「賤のをだまき」は、いうまでもなく静御前《しずかごぜん》の歌を本歌にしており、自から「賤」と卑下しながら実はその志は高いところにあることを暗示している。西郷隆盛という人物に惚《ほ》れこんで、薩摩の兵児《へこ》たちが賊軍になると知りつつ最後まで従ったのは、桃山時代、いや、それよりずっと古くからの伝統によるのであろう。伝統というより、血の中を流れているどうしようもない力に押されて実行したまでで、まったく理性を失ったわけではない。

三島章道《しょうどう》に、「よかちごの死」という小説がある（「人間」大正十一年第四巻一月号）。今、西郷隆盛の名が出たのでふっと思い出したが、はじめて読んだ時はそんなに強い印象は残さなかった。が、今度読み返してみて、幕末の薩摩隼人《はやと》の生活と風習が見事に描かれているのを知って感動した。ほんとはこんなところに書くつもりはなかったのであるが、機が熟するというのはこういうことをいうのであろう。

暗夜の道を村田という一人の若い武士が、「互集《ごしゅ》」へ行くべく歩いていた。互集というのは、月に何度か催される武家の少年達に昔の武勇伝を聞かせるための集りで、年上の青年がかわるがわる出張して、いわば講談師の役をつとめていた。娯楽のとぼしかった辺境の地で、それは大きなたのしみであるとともに、教育の場でもあった。西郷どんはその頃から人気があったようである。

とりわけ今夜は西郷《せご》どんが語るというので皆が胸をおどらせていた。西郷どんはその頃から人気があったようである。

村田が暗闇《くらやみ》をすかして見ると、すぐ目の前をその西郷どんの愛する稚児《ちご》が歩いている。

「汝《わや》、伊集院《いじん》ぢゃなかや？」

と確かめた上、二人は連れ立って互集へと向った。

村田の心は動揺した。たださえみとれるような少年である上、尊敬している西郷どんの寵者《おもいもの》である。隣りを歩いていて、手が触れ合う度に身体中の神経が震えた。が、村田はそんなことをおくびにも出さず、終始平静をよそおっていた。

互集へつくと、今夜は西郷どんが風邪をひいていて来ないというので、村田がかわって話をした。が、伊集院にはちっとも面白くはない。口に出してこそいわなかったが、西郷どんがいない上、村田のふつうではない素振りが気にかかって、することなすこと癪《しやく》にさわっていた。

お話がすむと一同が車座になって戒しめの言葉を聞く。

「手どん習《な》れやい。本を読んみやい」（習字と読書をしなさい）

「父様《とつあま》、母様《かかさあ》の云う事を聞っきやい」（父母の言うことを聞きなさい）

「嘘《うそ》をひりやんな」（嘘をいってはならない）

「人の呉れんちゆ物《もん》を貰《も》れやんな。人の貸せんちゆ物を借りやんな」（人がくれないというものを貰《もら》うな。人が貸せないという物を借りるな）

「お精進日《しようんで》、鳥取《とい》りけ行っきやんな。魚取《いをと》りけ行っきやんな」（お精進の日に、鳥や魚をとりに行くな）

「人の家《うち》の果物《なりもん》にさわりやんな。飾り物《もん》にさわりやんな」（人の家に生っている果物や、飾り物にさわってはならない）

「垣根《かきぶち》す抜ききやんな」（垣根の木をぬいてはいけない）

この戒しめに背いたものは、尻《しり》をつねられる。それを見ていたものの報告は、「言いつけ口」にはならない。嘘や蔭口《かげぐち》をいうことは恥とされていたからだ。

あっちこっちから犯人が出て来て、尻をつねられたり叩《たた》かれたりして悲鳴をあげた。少年たちは面白がってやるので、犯人はたまらない。

「もうしもはん。決してしもはん。どうぞ。許してたもれ〳〵」（もうしません。決していたしません。許して下さい、許して下さい）

と、泣きっつらでいながら、涙を見せまいと我慢している。そこではじめて許されるが、あんまり度々いたずらをすると、「仲間はずれ」にされる。彼らにとってはこれが一番不名誉で辛《つら》いことであった。

伊集院も、その時、槍玉《やりだま》に上った。少年の一人が、伊集院が自分の家の垣根をひっこ抜いて、剣舞をやったというのである。

村田ははじめ許そうとしたが、伊集院が平然と睨《にら》みつけているので、可愛《かわい》さあまってにくさ百倍、急にひどい目に会わせたくなった。彼の丸々とした白いお尻をみるとよけい怒りがつのった。少年は痛いとも許してくれともいわず、だまって唇を嚙《か》んで涙をおさえていた。村田の指がお尻にふれたとたん彼はのぼせ上り、そっとつねるつもりの手先に思わず力が入った。その時、ぞっとするような快感が全身を走った。何度もひどくつねっているうち、我に返った村田は、とんでもないことをしてしまった、と後悔した。

「互集」を終えて少年達が外へ出た時、青白い月が中天にかかっていた。村田は思わず伊集院をひどい目に会わせたこと、その時の少年の怒りに燃えた眼が忘れられず、もう一度言葉を交さなくてはいたたまれない心地がした。そんなことは言いわけにすぎず、実はあの白いお尻にふれた時の快感にがんじがらめになっていたのだと思う。伊集院の家は、松並木の向うの田んぼの中の一軒屋だった。村田は松の木蔭で待つことにし、やがて小さな下駄の音が聞えて来た。

こまかいことは省くが、村田はひたすら謝るつもりでいた。謝れば謝るほど少年は「コン畜生」と思ったが、年長者に対する礼は欠くまいと耐えていた。それでもあまりしつこくつきまとうので、思いっきり侮辱の言葉を叩きつけてやりたい衝動にかられた。

「村田どん。用《ゆ》がなかなあ。も、帰りやんせ」

むもので、武士の仕事ではないと思っていたが、村田にとっては殿様の命令だ。

もはや二人の間には、太鼓も殿様も白いお尻も目上も目下もなく、「真剣勝負」の恍惚《こうこつ》と憧憬があるのみだった。二度ほど刀のふれ合う音がしたかと思うと、少年の身体は土の上に横たわった。茫然《ぼうぜん》自失した村田は、死体を大木の松の下に安置し、身じまいして、後をもふりかえらず我家へ急いだ。

人を殺《あや》めたものは切腹をしなければならない。村田の家は掃き浄《きよ》められ、大勢の親類や友達が集って、てんやわんやの騒ぎである。村田自身は湯に入って身を浄め、部屋の一隅に座って身じろぎもしない。落着いていたわけではなく、自分のしたことが悪夢のように感じられ、早くこのうるさい親類や友人たちから逃れたい一心であった。それは国の掟《おきて》に強いられて切腹するというより、「本統の自分の心にふさわしいような気もするのだった」。

「なんぢゃと」

「うるさい。この太鼓打ちの子！」

「太鼓打ち」のひと言は、彼の胸をえぐった。村田の父親は、殿様の能の相手をするので、太鼓を習っていたのである。伊集院にしてみれば、太鼓なんか婦女子のたしな彼の父親の態度は立派で、その表情には特別な緊張もなく、平然としていることはいつもと同じであった。息子の武勇を褒めあげたり、慰めたりする人達にも、ただ「ありがとごわんす」というだけで、石像のように動かない。その父に対して村田は、一部始終を物語ったが、伊集院への横恋慕だけはどうしても口にすることはできなかった。その一事のために、彼は切腹することが、「自分の心にふさわしい」と思いこんでいたのだろう。

そこへ西郷どんが血相変えて飛びこんで来た。玄関口では、入れろ、入れない、切る、切らない、のひと騒ぎがあった後、村田は席を蹴《け》って、西郷の前に刀を投げだしてひれ伏した。

小説では、村田が一心に謝まって、真実を告白する様をくわしく描写しているが、実際には言葉にならなかったであろう。言葉にはならなくても、西郷には全部通じて、彼は村田の切腹の介錯《かいしゃく》を引きうける。村田は感動して、二人はしっかりと抱き合ったまま、無言でいた。

小説はそこで終っているが、殺伐な場面であるに拘《かか》わらず、不思議に爽《さわ》やかな風が吹きすぎて行く。だが、そうは思わぬ読者もいるに違いない。だから私は書くのをはじめはためらったが、一つには変なお国自慢にとられるのを怖《おそ》れたからでもある。

著者は明治の元勲三島通庸《みちつね》の孫で、三島章道といい、のちにボーイ・スカウトの隊長となって一生を終えた。それとこれとを結びつける気は更にないが、無意識のうちに少年を教育するという使命は感じていたに相違ない。私の祖父や父は三島家とは親しかったが、私は年もちがったし、章道さんのお顔を見知っていたぐらいで、付合ったことは一度もない。小説家だったこともこの本を読むまで知らなかった。たぶん白《しら》樺《かば》派の人たちに師事していたと思うが、文章は上手なのに、家庭の事情か何かで筆を折ったのは残念である。

「よかちごの死」に出てくる名前は、みな多かれ少なかれ私の知っている人たちで、とても他人事《ひとごと》とは思えなかった。してみると、ほとんど実話なのかも知れないが、やはり幕末に起った事件の一つに、三島家に関する哀れな話がある。

三島一族のひとりが愛した稚児がおり、京都で何か不始末を仕出来《しでか》したために、薩摩へ帰国する船中で、その稚児を切るハメになり、切ったとたんに気が狂ったというのである。その後どうなったかは知る由《よし》もないが、「よかちごの死」の背後には、その切なさが揺曳《ようえい》しているような気がしてならない。

伊集院家には、清三さんという私の兄の同級生がいた。もちろん小説の主人公とは別人である。清三さんはピアノが好きだったので、河上徹太郎氏と親しく、小林（秀雄）さんや青山（二郎）さんとも交流があった。彼らの間でインジュンさまとかインジュさんと呼ばれていたのは、もしかすると、「よかちごの死」を読んでいたのではあるまいか。清三さんの母親は牧野伸顕《のぶあき》の妹で、清三さんは吉田健一とはいとこであった。三島家には文学の血筋が流れていたのかも知れない。

伊集院家は、たしか島津が薩摩へ入ってくる前からの豪族で、徳川以前には両家の間で合戦が絶えなかった。「賤のをだまき」に登場する若侍と稚児は、その合戦で討死したのである。

清三さんが、インジュンさまとかインジュさんとか、いつもサマ付けで呼ばれていたのも、別に威張っていたわけではなく、どこか俗人とはちがう茫洋とした面ざしを残していたからではないか。彼の父上は外務大臣をしていたこともあり、私の父親とは無二の親友であった。赫《あか》ら顔の太った人で、「よかちご」とは程遠い風貌であったが、実に穏かないいおじ様であった。

新羅花郎

三品彰英《みしなしようえい》に『新羅花郎の研究』という著書がある（昭和十八年、平凡社）。

それによると「三国史記」の真興王三十七年（五七六）、「花郎」という制度が定められ、新羅の国の興隆に大きな功績をはたしたと伝えている。花郎は、ホア・ラと訓《よ》んだらしく、貴族の中から美しい少年をえらんで化粧をほどこし、武芸と歌舞を教えて、若者の集団の長となるべく教育した。その修行は苛酷《かこく》なもので、時には死に瀕《ひん》するほどの苦行を積まねばならなかったが、それは一種のイニシエーションで、そうして修行している間に彼らは身心ともに強い戦士に育つとともに、神霊的な性格を身につけて行ったのである。

ある花郎の体験記によると、十五歳の時、斎戒沐浴《さいかいもくよく》して深山の洞窟《どうくつ》にこもっていた時、夢の中に老翁《ろうおう》が現れて秘法を授けられたといい、また別の山中では、宝剣に神がのりうつって天降《あまくだ》るという奇跡を体得したという。

とかくこのような伝説には奇異なものが多く、現代人には信じにくいが、人間が純朴であった頃は、夢現のうちに天の啓示を得たり、自から神がかりとなって不思議な行為に及ぶのは珍しいことではなかった。花郎の習俗のうちには、儒教、仏教、道教などがふくまれていたが、仏教が盛んになると、弥勒《みろく》信仰に集中され、花郎は弥勒菩《ぼ》薩《さつ》の化身として崇ばれるようになった。

それについて思い出されるのは、京都太秦《うずまさ》の広隆寺にある飛鳥《あすか》時代の弥勒半跏《はんか》像で、朝鮮から伝来したといわれ、松材の一木造りの肌の美しさは比類がない。この仏像にはさまざまの説があって一概にはいえないが、少年のように柔軟な姿態といい、匂《にお》い立つような清々《すがすが》しい色けといい、新羅の人々が崇拝した花郎とは、正にこのような姿をしていたのではなかったか。昔、ある大学生がこの仏像の指を折って盗んだとかで、騒ぎになったことがあるけれども、どうしても自分のものにして愛撫《あいぶ》したくなった気持がわかるような気がする。

花郎の集団では、武芸と同等に歌舞を娯《たの》しむことが重要視されたというのも興味がある。天性踊りが好きだったからそうなったのだと思うが、冠婚葬祭には欠くことのできぬものであった。日本書紀には、允恭《いんぎょう》天皇の崩御の際に、多くの新羅人がはるば

弥勒菩薩半跏思惟像（広隆寺蔵　撮影・小川光三）

る大和の京《みやこ》まで弔いに見えたことが記してある。

――新羅の王《きみ》は、天皇が崩御になったと聞き、驚き愁《うれ》えて、直ちに八十艘《そう》の調《みつぎ》の船を仕立て、八十人の舞人と楽人を送った。はじめは対馬《つしま》で泊り、ついで筑紫《つくし》の国でも、大いに弔意を表して、哭《な》き悲しみつつ歌舞を奏した。難波《なにわ》の津では皆素服《あさぎぬ》の喪服に着かえ、多くの貢《みつぎもの》を捧《ささ》げ、またさまざまの楽器を奏して、難波から大和へ至るまでの道中を、或《ある》いは哭き或いは舞い歌いなどして、殯《もがり》の宮まで参上したという。

朝鮮には今でも専門の哭き女がいると聞くが、それも当時は歌舞音曲の一部だったに違いない。日本にもそういう風習がなかったわけではなく、御陵の近くには「歌姫越」とか「琴引坂」の地名が残っている。万葉の挽歌《ばんか》なども葬送の際に歌ったというが、万事につけて新羅の方が大がかりで、一つの組織として完成していたことは想像にかたくはない。

武芸と歌舞は正反対のもののように見えるが、実は大変よく似たところがあり、後世の剣舞を見てもわかるように、武芸の型がそのまま舞の型に通ずるものがある。それは型だけのことではなく、精神的にいっても、生死の境にいる戦場と、歌舞の舞台は、人間が神と交流することのできる神聖な場であった。たとえば山間の洞窟にこもって一心に祈っている孤独な魂と、舞踊の音楽にとけこんで、我を忘れて陶酔している瞬間とは、静と動の違いがあるだけで別のものではない。今、ここでそういうことに深入りしたくはないが、多かれ少なかれ原始的な社会では誰でも経験していたことで、新羅花郎の集団では、公《おおや》けの組織として特に厳しく訓練されていたのである。

三品氏の説では、このような習俗は、南方系の海洋民族から、台湾、沖縄を経て、薩摩《さつま》、対馬をかすめて新羅の国まで少しずつ形を変えながら辿《たど》ることができるという。ただ、不思議なことに隣国の満蒙《まんもう》ではこのような習慣は見られないそうである。北方の民族は狩猟に従事しており、農耕生活者のようにひと所に定住することがなかったからだと氏は付記している。極く簡単に考えても、あまり寒い地方では、歌舞を娯しむ余裕なんかなかったであろうし、山間で修行することも不可能だったに違いない。文化というものは、人間が造るより以前に、自然に支配されることが多かったのではなかろうか。

花郎の集団が、薩摩の兵児二才《へこにせ》の組織とその精神において殆《ほと》んど同じものであったことはいうまでもない。それを新羅から学んだとすると、私たちが知っているよりずっと古くから行われていたもので、武家の時代になって突然発生したとは考えにくい。尚武《しょうぶ》の気性は、それがどんなに野蕃《やばん》なものであったにしろクマソの頃から変らなかったもので、とかく南方の人種は激情的に行動することが多い。踊りや歌が好きなことも、うれしいにつけ悲しいにつけ今でも見られることで、ものを考えるより先に身体が動いてしまうという感じである。

されぱこそ五、六世紀には早くも「隼人舞《はやと》」として宮廷にとり入れられ、大隅《おおすみ》、日向《ひゅうが》、薩摩の隼人らの多くが都の近くに移り住んだ。それは荒々しい人種の慰撫《いぶ》のためもあったらしいが、見事に成功し、室町時代ごろには宮廷の雅楽の中に吸収され、人間の方も飼いならされて本来の特徴を失ってしまう。

今、私たちは隼人の用いた楯《たて》が大量に発掘されたのを奈良の文化財研究所で見ることができるが、竜か蛇を象徴したように見える逆S字型の抽象文様は、日本古来のものとはまるで違う。もしその文様が、ある人々がいうように釣針をあらわしたものならば、海幸・山幸の神話にまで溯《さかのぼ》って考えざるを得ない。有名な物語だから詳細は省くが、竜宮から帰った山幸彦《やまさちひこ》に敗北した海幸彦は、子々孫々に至るまで「俳人《わざひと》」となって仕えましょうと、山幸彦に誓う。よってもろもろの隼人たちは、天皇の宮墻《みかき》のもとを離れず、代々「吠狗《ほゆるいぬ》」として仕えるかたわら、わざおぎとして芸能にもたずさわっていた。隼人が犬の鳴声を真似《まね》て天皇の御先《みさき》をはらったことはよく知られているが、隼人舞は、海幸・山幸の争いのもととなった釣針にまつわる歴史を、楯を振りかざしつつ面白おかしく舞ってみせたのではあるまいか。

「蛮絵」と称して、隼人舞に使った装束（袍《ほう》）は、室町時代のものが何枚か残っているが、唐草様の丸紋の中に獅子《しし》が描いてあり、ふつうの舞楽の装束とは趣のちがったものである。最初は動物の毛で造られていたと聞くが、今残っているのは荒っぽい厚地の麻に木版で刷ったもので、次第に簡便なものに変化して行ったことを示している。

そのような断片的な遺品から、花郎のありし日の姿をとらえるのは無理というもので、ただ九州のところどころに彼らが蒔《ま》いた種からわずかに想像してみるにすぎない。「風流」という言葉も、新羅では花郎の形容に用いたもののようで、日本ではみやびを、うかれをなどと呼ばれて持て囃《はや》された。万葉集（巻第四）には、男の友情を歌った相聞歌《そうもんか》があるが、心なしか女に与えたものとはいく分感じが違っているように思う。

大伴宿禰家持《おほとものすくねやかもち》、藤原朝臣久須麿《あそみくすまろ》に報《こた》へ贈る歌三首

春の雨はいや頻降《しき》るに梅の花
いまだ咲かなくいと若みかも

夢のごと思ほゆるかも愛《は》しきやし
君が使の数多《まね》く通へば

末《うら》若み花咲きがたき梅を植ゑて
人の言繁《ことしげ》み思ひぞわがする

また家持、藤原朝臣久須麿に贈る歌二首

情《こころ》ぐく思ほゆるかも春霞《はるがすみ》
棚びく時に言の通へば

春風の声《おと》にし出なばありさりて
今ならずとも君がまにまに

藤原朝臣久須麿の来《きた》り報《こた》ふる歌二首

奥山の磐《いは》かげに生《お》ふる菅《すが》の根の
ねもころわれも相思《あひも》はざれや

春雨を待つとにしあらしわが屋戸の
若木の梅もいまだ含《ふふ》めり

岩波日本古典文学大系では、右の歌は大伴家持に幼い娘がいて、藤原久須麿が言い寄るのに答えたように解説してあるが、それでは何となく不自然に聞える。「夢のごと思ほゆるかも愛しきやし……」、また「未若《うら》み」の歌にしても、自分自身の恋心を打明けているようで、とても代詠のようには思われない。

ことに久須麿の返歌は、二首とも家持の愛情をうれしくは思っているが、それとなく敬遠している風で、有難迷惑な感じがしなくもない。そう思うのは私だけではなく、契沖《けいちゅう》の「万葉代匠記」にも、相手を若い女の子とみてもさし支えはないが、「若《も》シクハ、久須麿ノ美少年ナルニツカハサレタルカ」と疑問を抱いており、平安時代の「和《わ》歌童蒙抄《かどうもうしょう》」にも、「男色にめでて詠《よ》みかはせる歌とも聞ゆる也《なり》」といっている。古くから異論のある歌だったに違いない。

久須麿は恵美押勝《えみのおしかつ》の次男で、天平宝字八年、押勝の謀叛《むほん》の際に、父親の命により中宮院の鈴印を奪おうとして殺された哀れな青年であった。この贈答歌が詠まれた頃はまだ二十《はたち》前、家持は三十近くで、ほぼ十歳の年長であった。

当時の大和の朝廷で男色が公然と行われた形跡はなく、人の噂《うわさ》を気にしていたことは、家持の歌からも想像されるが、風流士《みやびを》の典型であった在原業平《ありわらのなりひら》にも、「いとうるはしき友」がいたことは、伊勢物語四十六段に出ている。

「いとうるはしき友」がどの程度の友であったか知る由《よし》もないが、「かた時さらずあひ思ひけるを」と記してあるのをみると、よほど親しかったに違いない。その友が他国へ行くことになり、互いに「いとあはれと思ひて」別れたが、しばらく経《た》って文がとどいてきた。

――「あさましく、たいめんせで、月日のへにけること。わすれやし給ひにけむと、いたく思ひわびてなむ侍《はべ》る。世の中の人の心は、めかるれば、わすれぬべきものにこそあめれ」

「めかるれば」は目離るればの意で、長く対面しないことをいう。で、業平はこのような歌を返した。

めかるともおもほえなくに忘らるる
時しなければおもかげにたつ

まことに情の深い返歌である。
不遇の皇子、惟喬《これたか》親王と業平の変らぬ友情にも、美しい主従関係以上のものが感じられる。惟喬親王より十九歳年長で、童《わらわ》の頃から父の文徳《もんとく》天皇に仕えていたというが、渚《なぎさ》の院へ親王の花見のお供をした時には、業平はこのように歌った。

世の中に絶えて桜のなかりせば
春の心はのどけからまし

散ればこそいとど桜はめでたけれ
うき世になにか久しかるべき

二首ともに親王の身の上を桜にたとえて慰めているのだが、こんな風にいわれてうれしく思わぬ人がいるだろうか。やがて惟喬親王は出家して比叡山《ひえいざん》の麓《ふもと》、小野の庵室《あんしつ》にこもってしまう。大雪の中を業平はそこへも詣《もう》でて情感にあふれた歌を詠んでいる。

忘れては夢かとぞおもふ思ひきや
雪ふみわけて君を見むとは

伊勢物語の中では親王との交遊について一番多くの言葉をさいているように記憶するが、それは一連の物語としてまとまっているからであろう。男の友情もここまで深くなれば男色関係などあってもなくても同じことで、男女や主従を超えたところにある美しい愛のかたちが、雲間を出《い》ずる月影のように、あまねく下界を照しているように見える。

女にて見ばや

平安時代の「源氏物語絵巻」を見ると、男も女も例の「引目《ひきめ》鉤鼻《かぎはな》」という描きかたで、ただ装束がちがうだけでほとんど同じ顔をしている。このことは、顔そのものよりも、その人物がかもし出す雰囲気とか、そこはかとない匂《にお》い、衣《きぬ》ずれの音、といったようなものに重きをおいていたからで、何事もあからさまに残るくまなく言いつくすことは、「むくつけきこと」として排斥したに違いない。その最たるものは、光源氏の死を、「雲がくれ」という題だけで、何も記さなかったところに現れていると思うが、一番重要なテーマともいうべき藤壺《ふじつぼ》との情事についても、わずかにそれと想像されるだけで、光源氏との間に御子《みこ》が生れることによってはじめてあらわになる。

それも、「桐壺《きりつぼ》」、「帚木《ははきぎ》」、「空蟬《うつせみ》」、「夕顔」を経て、「若紫」の巻に至って、読者が忘れかけた頃に突然藤壺が再登場する。

藤壺の宮悩みたまふ事ありて、まかんで給へり。

御所から自宅へ退出したのである。この機を逸せず源氏は藤壺とひそかに会うが、その時に藤壺はみごもったので、御子が生れるまでにまた私たちは長い間待たなくてはならない。

藤壺がここに登場するのは「若紫」の主人公である幼い紫上の叔母だからで、二人がよく似ているため源氏の恋心はいやが上にもまさるのであった。紫式部はぬけ目なく節目節目にそういう布石をしておくのを忘れない。せっかちな現代人はとかく物語の筋だけ追うことに熱心だが、藤壺の宮と源氏の不倫の罪は、年月が経《た》てば経つほど懊悩《おうのう》を増す性質のもので、それには長い時間が必要となる。筋だけ追っていたのでは、光源氏は単なる好色な楽天家にすぎず、影の部分にまで及ぶことはできないのだ。

主語を省いてあることも、古文をわかりにくくさせている。

(お生れになった若宮は)四月《うづき》に内裏《うち》へ参り給ふ。程よりは大きにおよずけ給ひて、やうやう起き反《かへ》りなどし給ふ。(光源氏に)浅ましきまで紛《まぎ》れ所なき御顔つきを、(帝は)思《おぼ》し寄らぬ事にしあれば、また並びなきどちは、げに通ひ給へる

にこそはと思ほしけり。(紅葉賀《もみじのが》)

括弧《かっこ》内には私が名前を入れたので、若宮は四月に内裏へ参られたが、ふつうより大きく成長して、ようやく寝返りなどもなさるようになった。呆《あき》れるほど源氏の君にそっくりな顔つきを、帝は何も御存じないので、このように並ぶものなく美しい人たちは、みな似ているものだなあと思っておいでになる。

日本人は何を考えているかわからないといわれるのも、そういう言葉のあいまいさから出ており、黒白をはっきりさせすぎると日本語ではなくなる。自然の描写についても同様で、真昼間に残るくまなく見えるのは趣きがない。「源氏」に現れる時間は、夕暮か、月の夜か、明け方のほのかな光の中で、気候も秋のはじめか終り、春もたけなわを少し過ぎた夏のはじめの頃である。

秋の花みな衰へて、浅茅《あさぢ》ヶ原も枯れがれなる虫の音に、松風すごく吹き合せたるに、その事とも聞きわかれぬ程に、物の音ども絶えだえ聞えたる、取り添へていと艶《えん》なり。(賢木《さかき》)

「物の音」とは、ここでは音楽のことをいっていると思うが、それさえはっきりとは聞えず、松風や虫の音にまじって、あるかなきかにひびいて来るのが「艶」だというのである。

昔の人たちは、人にも物にも個性なんか求めず、周囲の環境といかによく調和しているか、そのことだけを美しいと見たのである。だから顔だちとか表情などは二の次で、立居振舞や風情《ふぜい》の方に気をくばった。たまたま「末摘花《すえつむはな》」だけが、雪の朝の日光のもとにその醜さをさらけ出したのも、白日のもとで女の顔など見てはいけないという教訓だったかも知れない。

引目鉤鼻という言葉は、いずれ現代の学者がつけたのであろうが、源氏物語にはおよそ不似合いな呼び方である。それで通用しているのは、顔の表情に重きをおいていない証拠であろう。文章の上でも、男女の美しさにあまり区別をつけてはいない。

白き御衣《おんぞ》どものなよよかなるに、直衣《なほし》ばかりをしどけなく着なし給ひて、紐《ひも》なども打捨てて添ひ臥《ふ》し給へる御火影《おんほかげ》、いとめでたく、女にて見奉らまほし。（帚木）

これは例の「雨夜の品定め」の中で、殿上人が集って女の噂話《うわさばなし》に打ち興じていた時、源氏がしどけない恰好《かっこう》で横になっているのを見て、その場に居合せた人々の思いであるとともに紫式部自身の感想でもあるが、これをそのまま女の寝姿の形容とみても少しも不自然には聞えない。

次は源氏の君から見た兵部卿《ひょうぶきょう》の宮の魅力で、この宮は紫《むらさきのうえ》上の父君であってみれば、源氏にとってはことさら懐《なつか》しく思われたであろう。

いと由《よし》ある様して、色めかしうなよび給へるを、女にて見むはをかしかりぬべく、人知れず見奉《たてまつ》り給ふにも、かたがた睦《むつ》ましう覚え給ひて、細《こま》やかに御物語など聞え給ふ。宮もこの御有様の常よりも殊《こと》に心懸想《けさう》して、懐かしううち解け給へるを、いとめでたしと見奉り給ひて、婿《むこ》になどは思し寄らで、女にて見ばやと、色めきたる御心にはまもられ給ひけり。（紅葉賀）

また、葵上《あおいのうえ》が亡くなったあとで、頭《とう》の中将が慰めに来た時、「雨となり雲とやなりにけむ、今は知らず」と源氏の君が頬杖《ほおづえ》をついてぼんやりしているのを見て、「女にては見捨ててなくならむ魂、必ずとまりなむかしと、色めかしき心地にうちまもられつつ……云々《うんぬん》」と、もし女であって、こんな姿を見たならば、魂がこの世に止どまって執着したであろうにと、「見ても飽かぬ心地ぞする」と形容している。

このほかにも男を女に見たてた場面は数ヵ所あったと記憶するが、うるさいので省く。私は源氏物語を「研究」しているわけではなく、すべてがあいまい模糊《もこ》として、その中から立ちのぼる幻のような存在に美を見た、といいたいのだ。その頂点に立つ光源氏こそ両性具有者の最たるものであった。ある意味で光源氏ほど抽象的な人物はいないともいえよう。

ある時源氏の君は、「方違《かたたが》へ」のために伊予守《いよのかみ》の家へ泊った。くわしいことは省きたいが、伊予守が大切にしている妻の空蟬が近くに寝ていたので、空蟬の弟に手引きをさせ、そっと抱いたまま閨《ねや》へ連れて行き、やさしい言葉をかけて自分のものにした。空蟬はただ夢に夢見る心地して、あらがうこともできなかったが、源氏の君は手荒なことをしたのが気にかかり、どうしてももう一度会いたいと、そのことばかり思いつめていた。

で、伊予守の息子の紀の守を召して、空蟬の弟を自分にくれないか、「らうたげに見えしを、身近く仕ふ人にせむ。上（帝）にもわれ奉らむ」

と、宮仕えの世話までしようといったので、紀の守は喜んで五、六日うちに源氏の館《やかた》へ連れて来た。何のことはない、源氏は搦《から》め手から空蟬へ近づこうとたくらんだのである。

その弟を「小君」といったが、「こまやかにをかしとはなけれど、なまめきたるさましてあて人と見えたり」——特別心がこまやかで、面白いというわけではないが、なまめかしい風情の上品な児《ちご》なので、それから後はかたわらから離さず、内裏にまで連れて行き、装束を作らせたりして、わが子のように扱った。小君もうれしくて、度々空蟬へ文使いなどしたが、一向に反応がない。ある夜、小君の手引きで源氏はしのんで空蟬の閨へ入ったが、それと察した空蟬は、生絹《すずし》の単衣《ひとえ》だけを着て床からすべり出て逃げてしまった。かわりに「軒端《のきば》の荻《おぎ》」と情交を結ぶのだが、それは省略することにして、帰りがけに源氏は空蟬がぬいで行った小袿《こうちき》を装束の中にかくしておき、小君とともに二条院へ帰った。「空蟬」の名は、そのぬけがらから出ている。

空蟬の身をかへてける木のもとに
なほ人がらのなつかしきかな

最初のうちは源氏も小君をダシに使っていたが、空蟬の決心があまりに堅固なので、恨んだり嘆いたり恥しく思ったり、心は千々に乱れるのであった。「せめてお前だけはわたしを捨ててくれるな」と、源氏は寝る時も小君をそばから離さなかった。小君も悲しくて涙をこぼすので、いよいよ源氏はかわいらしいものに思った。いくら相手が子供でも、小君は既に十二、三歳になっていたから、寝る時もいっしょにいるというのはあるまじきことで、次の言葉は源氏と小君との関係を暗に物語っている。

いとらうたしと思す。手さぐりの細くちひさき程、髪のいとしも長からざりしけはひのさま、似通ひたるも思ひなしにやあはれなり。(空蟬)

ここまでいわれては何もなかったと思う方が不自然である。ことに男の美しさを、「女にて見奉らまほし」とか、「女にて見ばや」などと形容しているのをみると、男女間の性についてもあまり区別をつけなかったようである。

もっともこれには別の考えかたもできる。たとえば相手をストレートに女として見るのではなく、自分が女の立場になって光源氏を見たら、どんなに美しく見えたであろうとか、兵部卿の宮がなよなよと色っぽく見えるのを、源氏が女になって眺めたら、さぞかし好ましくうつったに違いないと、男が女に成り代って見ているという風に受けとることもできよう。

どちらにしても男女の間がらがあいまいなことに変りはなく、しじゅうあっちへ行ったりこっちへ来たりして、目を肥やしていたに相違ない。してみると、万葉集の家持《やか》と久須麿《もちくすまろ》とか、伊勢物語の業平《なりひら》と「いとうるはしき友」との関係も、当時としては特に珍しいことではなく、とりたてていう程のことはなかったかも知れない。男色の資料が少いのはそのためで、仔細《しさい》に見れば古い歌集の中には、女にあてたと思ってい る歌の相手が、案外男であったりする場合もなきにしも非《あら》ずだろう。「とりかへばや物語」なども、そういう温床の中から自然に芽生えた傑作ではないかと私は思っている。

光源氏にしても、兵部卿の宮にしても、見たところも考えかたも、いかにも女性的であることは断るまでもない。この傾向は現代まで変らずつづいていることを、河合隼雄《はやお》先生なども指摘していられる。

早い話が現代のゲイ・ボーイたちは、極く少数をのぞいてはみな女の模倣をしており、女以上に女らしい男は大勢いる。それも両性具有への一種のあこがれであり、宗教的な制約のないわが国では自然な成行きなのだろう。

最近、私はジャン・コクトーの『白書』（求龍堂）を読んでショックを受けた。今まで漠然と考えていたホモ・セクシュアリストが、東洋と西欧ではまったく別物であることを知ったからである。

コクトーの挿絵《さしえ》は、前にもジュネの『泥棒日記』の特装本で知っていたが、実にギリシャ的で、美しい。そこには日本の春画のような陰湿なものはなく、地中海の太陽と風にさらされた鋼鉄のような肉体が、誇らしげに男性の男性たる所以《ゆえん》を赤裸々に顕示している。同じようにホモと呼ばれても、彼らの理想は完璧《かんぺき》な男性になることで、女のような男ではないことを知った。

文章もひととおり読んでみたが、挿絵の方に圧倒されてあまり印象に残ってはいない。残っているのは、ギリシャの神々とキリスト教の間には、私たちが想像しているほどの距離はないこと、ホモでありながらキリストは信じていること、それになによりも肉体的な強靭《きようじん》さが、西洋の文明を造りあげたこと等々であった。それについては考えてみなくてはならないことが山ほどあるが、それはまた別の機会にゆずりたい。

今、私たちの眼は西欧に向っているが（少くとも私にはそんな風に見えるが）、私はやはり源氏物語の陰影の世界がなつかしい。光源氏を白日のもとで裸かにしてみたいなどとは思わないのである。強いことは必ずしも強くはない。か弱く、はかないものには、それなりの辛棒強さと、物事に耐える力を神さまは授けて下さる。思想とか理念とか呼ばれるものを、それとは程遠いあいまいな日本語を用いて、たどたどしい文章で書くことを私は少しも恥じてはいない。

稚児之草子《ちごのそうし》

京都の醍醐寺《だいごじ》に「稚児之草子《ちごのそうし》」と名づける絵巻物がある。平安時代、鳥羽《とば》僧正覚猷《かくゆう》（一〇五三―一一四〇）筆と伝えられるもので、当時の稚児の生態が、微に入り細を穿《うが》って露骨に描いてあるため、戦後は寺の奥深く秘められて誰も見ることは叶《かな》わなかった。

さいわい私は伝手《つて》があり、戦前に二度ほど拝見する機会を得たが、さすがに伝鳥羽僧正といわれるだけあって、白い水干《すいかん》に紅の袴《はかま》をまとった稚児の姿は堂々として、凜々《りり》しく、中世の稚児とはこういうものであったかと、眼を見はるおもいがした。ただし、それは最初の部分だけで、「鳥獣戯画」と同じように、だんだんに描きつがれていったのか、終りの方は迫力を失って行く。何しろ古いことなので、私の記憶も薄れてはいるが、絵そのものはあられもない姿で、僧侶《そうりょ》や公家《くげ》が稚児と交わる時のテクニックとか、媚薬《びやく》の調合法やその用いかたに至るまで縷々《るる》と述べてあり、はっきりいって春画以外の何物でもない。にも拘《かか》わらず、格調の高い作品であることに変りはなく、興味本位で描かれたものでないことは一目瞭然《りょうぜん》であった。

そういえば、南方熊楠や稲垣足穂なども、「稚児之草子」を見たと書いており、いずれもとるにたらぬ醜悪な絵であると一笑に付している。だが、醍醐寺で見た、とはいっていない。熊楠ほどの人物に、その美しさが解《わか》らなかった筈《はず》はなく、紀州のどこかの寺で、「稚児之草子」の模《うつ》しか何かを見たのであろう。醍醐寺のそれがあまりに有名であったため、昔は方々の寺に同名の絵巻物が蔵されていたのではないか。岩田準一の『男色文献書志』によれば、この名称も古いものではなく、明治二十五年に装《そう》釘《てい》の修理を行った際、箱書にあったのをそのまま用いたということだが、寺の宝物の名を勝手に変える筈はなく、はじめから「稚児之草子」と呼ばれていたに違いない。元亨《げんこう》元年（一三二一）の作だというから、鳥羽僧正より後の鎌倉末期のものと解していい。

公家から武家へ政権が移りつつあった中世は、いろいろの点できわめて興味ある時代であった。最後の専制君主ともいうべき白河法皇からいわゆる院政時代ははじまるが、院の警固にあたる武者のことを「北面の武士」と称した。彼らは文武両道に達した若者たちで、法皇の目に適《かな》ったものだけが選ばれ、時には法皇の枕席《ちんせき》に侍《はべ》るものもいたという。

西行も出家する以前は北面の武士であったことはよく知られているが、弓馬の道にすぐれていただけでなく、和歌や蹴鞠《しゅうきく》（けまり）に堪能《たんのう》であったことも、彼らの在りかたをよく語っている。鳥羽上皇には特に目をかけられたらしく、保元元年（一一五六）上皇が崩御になった時は、高野山から降りて来て葬送に奉仕し、側近の人々が皆帰ったあと、朝まで墓前にぬかずいて昔を偲《しの》んでいたという。

今宵《こよひ》こそ思ひ知らるれ浅からぬ
君に契《ちぎ》りのある身なりけり

「西行物語」には、彼がまだ佐藤義清《のりきよ》と名のっていた頃、「花の春の詩歌、紅葉の秋の月の宴、懸《かかり》の下の蹴鞠、南庭の御弓、四季に従ひての御遊にも先《ま》づこれを召されき、云々《うんぬん》」とその恩寵《おんちょう》の深かったことを記しているが、それをもって直ちに男色関係にあったと見ることはできまい。

西行はまた崇徳《すとく》上皇にも同じほどの思慕をよせているからだ。鳥羽上皇が崩御になると直ちに保元の乱が勃発《ぼっぱつ》する。鳥羽・崇徳両帝と、藤原忠通《ただみち》・頼長《よりなが》兄弟の長年の確執が一挙に火を噴いたのである。勝負は一夜で決し、崇徳上皇は讃岐《さぬき》の国へ配流《はいる》となり、頼長は流れ矢に当って戦死した。

その時、西行は仁和寺《にんなじ》へ移された崇徳上皇のもとへいち早く伺候《しこう》し、一首の歌を献じている。

かかる世にかげも変らず澄む月を
見るわが身さへ恨めしきかな

讃岐の流島の先へもしばしば文と歌を送って慰めているが、長寛二年（一一六四）崇徳上皇が崩御になったあとで、はるばる四国まで行き、上皇の怨霊《おんりょう》鎮魂のために草庵《そうあん》を結んでしばらく滞在している。

上皇とはもっぱら和歌の道のよき友であり、上皇を失ったために日本の歌がすたれるのを西行は嘆いていたのである。それにしても草庵まで結んで後世を弔っていたとは、やはり浅からぬ因縁を感じずにはいられない。

崇徳上皇と西行と藤原頼長はほぼ同年輩であったが、中でも頼長は、愚管抄《ぐかんしょう》に、「日本第一大学生《ノだいがくしやう》、和漢ノオニトミテ、ハラアシクヨロヅニキハドキ人」といわれた人物で、自分に学問があるのを誇って、万事につけてきびしく、人を許さなかったため「悪左府」と呼ばれていた。男色の方ではことに有名で、鳥羽上皇「第一ノ寵人《ちようじん》」や、父忠実が寵愛した男どもとしじゅう悶着《もんちゃく》を起し、争いが絶えなかった。そこへ政治がからまってくるのだから事は面倒である。私も断片的には当時の物語などから推察していたが、公家や僧侶ばかりでなく、武家の間にも男色がこれ程蔓延《まんえん》していたとは思わなかった。五味文彦著『院政期社会の研究』(山川出版社)を読んではじめて詳細を知ったのである。

それによると、頼長の寵人は、名前が解っている貴族だけでも七人に及び、その他の下人、随身や牛飼童《うしかいわらわ》に至っては枚挙にいとまもない。保元・平治の乱のことを追究していると、どうしても男色関係に行きつくので、書くのがいやになってしまったと、五味氏がいわれたという話をどこかで聞いたことがあるが、この著書の「あとがき」にも、「何しろテーマがテーマだけに公表することにあまり気はすすまなかった」と記している。

神護寺に似絵《にせえ》の名手、藤原隆信《たかのぶ》が描いた優れた肖像画がある。最初は後白河法皇を中心に、平重盛《しげもり》、源頼朝《よりとも》、藤原光能《みつよし》、平業房《なりふさ》（これだけは損傷したのか今はない）が並んで安置されていたようだが、現在、後白河法皇の御影《みえい》は蓮華王院《れんげおういん》に移されている。法皇の追善供養《くよう》のために描かれたもので、頼朝や重盛はわかるとしても、光能、業房などあまり聞いたことがない人たちが何故《なぜ》そこに肩を並べているのか不思議だった。不思議というより、私の場合、あまり深く考えてみもしなかったのが実状である。

ところが今度五味氏の著書を読み、彼らが後白河法皇と男色関係にあったことをはじめて知った。さすがに頼朝だけは疑問をもっていられるが、二人が接触する機会がまったくなかったわけではなく、保元四年（一一五九）十三歳であった頼朝は、上西《じようさい》門院《もんいん》の蔵人《くろうど》となり、右兵衛権佐《うひようえのごんのすけ》に任ぜられていた。法皇と上西門院が親しい間がらにあったことを思えば、法皇が頼朝に目をつけたとしても不思議はない。ただし、確証のないことだから、今後の検討にゆだねることにしたい、と五味氏は断定をさけている。

ここで再び西行に戻りたいが、西行には恋歌が三百首以上もあり、花を詠《よ》んでも、月を見ても、おのずから恋歌のように聞えるものは少くない。

ながむとて花にもいたく馴《な》れぬれば
散る別れこそ悲しかりけれ

今朝見れば露のすがるに折れ伏して
起きもあがらぬをみなへしかな

月を憂《う》しとながめながらも思ふかな
その夜ばかりのかげとやは見し

「源平盛衰記」には、「さても西行発心のおこりを尋ぬれば、源は恋故《ゆゑ》とぞ承る。申すも恐れある上臈《じやうらふ》女房を思ひかけ進《まゐ》らせたりけるを」身分ちがいのために断念せざるを得ず、出家したというのである。これには諸説あるが、今はふれずにおく。彼は多くの宮廷の女房たちと親交があっただけでなく、遊里へ出入りしていたことも、かの「江口」の遊女との贈答歌などによってよく知られている。「西行発心の起り」も失恋だけではなく、さまざまの理由があったと思われるが、しいて一つにしぼるならば、内面的な精神の問題で、窮屈な宮廷や実生活の束縛から逃れて、自由な天地で存分に生きたいと願ったからに他ならない。彼がいう「道心」には、したがってふつうとは少し違ったところがあり、何もかも捨てて「数寄《すき》」の世界に身を投ずることにあった。これは易《やさ》しいようで、もっとも難しいことである。仏は信仰していても、仏教の教理にとらわれることはなく、高野山に一応庵室を結んではいたものの、気の向くままに都へ出たり、旅行をしたり、女房たちと物見遊山《ゆさん》に行ったりして、身心ともに一ヵ所に住することはなかった。歌壇とも常にある距離をおいて付合っていたようである。

よそ目には優柔不断なそういう生きかたを見て、文覚《もんがく》はにくみ、もし道で会ったら頭をぶち割ってくれんといきまいていた。ある日西行が神護寺の法華会《ほっけえ》に現れた時、ねんごろにもてなして帰したので、弟子たちがいぶかると、

「あら言ひがひなの法師どもや。あれは文覚に打たれんずる者の面様《おもざま》か。文覚をこそ打たんずる者なれ」

とさとしたという（井蛙抄《せいあしょう》）。

西行の女性的な優しさを想《おも》う時、忘れることのできない逸話であるが、柔と剛の二つを兼ねた性格は、遠い昔の新羅花郎の面影を彷彿《ほうふつ》させる。もちろん直接影響をうけたとはいえないが、薩摩《さつま》隼人《はやと》の間に浸透していた文化が、数百年を経て都で花咲いたと見ることはできよう。

ＭＯＡ美術館に蔵されている鎌倉時代の西行の肖像画は、そのような両面をよくとらえている（その他の西行像は、彫刻も絵画も、みな後世の模しでダメである）。西行は女にも持てたに違いないが、文覚の今のひと言は、彼なりに、ぞっこん参ってしまったことを示している。そういう男性は多かったであろう。「大原の三寂」と呼ばれた寂念、寂然、寂超とは、一生を通じて心おきなく付合っていたが、とりわけ西住と称する弟子は、北面の武士以来の親友で、影の形にそうごとく終始西行のかたわらを離れなかった。「同行《どうぎょう》」と称したのは、たぶん彼ひとりではなかったかと思う。

西住は俗名を源次兵衛季政といった。まだ在俗の頃、義清（西行）とともに、空仁という歌人を、大堰《おおい》川のほとりの草庵に訪ねたことが「聞書残集」にのっている。長いのでここには引かないが、嵐山《あらしやま》を背景にした岸べに、「薄らかなる柿の衣着て」見送りに出た空仁の姿と、二人が渡し舟にのって、連歌を詠みかわしつつ別れて行く光景は絵のように美しく、空仁のような生活を、彼らがどんなに羨《うらやま》しく、あこがれていたか想像することができる。やがて西行は出家し、西住も間もなく後を追ったのであろう。

西行像（MOA 美術館蔵）

夏、熊野《くまの》へまゐりけるに、岩田と申す所に涼みて、下向しける人につけて、京へ、西住上人のもとへつかはしける

松が根の岩田の岸の夕涼み
君があれなと思ほゆるかな

あなたといっしょであったらどんなに嬉《うれ》しいでしょうと、女性に与えた相聞歌《そうもんか》のように聞える。左の歌も同様で、長年連れそった女人に別れるような切々としたひびきがある。

同行に侍りける上人、例ならぬこと大事に侍りけるに、月の明かくてあはれなりければ詠みける

もろともに眺め眺めて秋の月
ひとりにならんことぞ悲しき

私がおもうに西住はあまり身体が丈夫ではなかったらしく、高野山に住みきれなか

ったのであろうか。西行と別れて京へ上る時、次のような歌を詠みかわしている。

高野の奥の院の橋の上にて、月明かりければ、もろともに眺めあかして、そのころ西住上人京へ出《い》でにけり。その夜の月忘れがたくて、又同じ橋の月のころ、西住上人のもとへいひ遣はしける

こととなく君恋ひわたる橋の上に
あらそふものは月の影のみ

かへし　　　西住

思ひやる心は見えで橋の上に
あらそひけりな月の影のみ

何となくあなたを恋いつづけている橋の上で、その涙と競い合っているのは月の影だけでしたよと、西行が訴えたのに対して、西住は、私がこれほど思っている心は見えずに、橋の上で争ったのは、月影だったのですねと、恨み顔に怨《えん》じたのである。い

よいよ男女の恋歌めいて聞えるが、やがて西住は重病にかかって死ぬ。先の「例ならぬこと大事に侍りける」は、この時のことかも知れないが、寂念は西行の悲しみを察して次のように詠んで送った。

みだれずと終り聞くこそうれしけれ
さても別れはなぐさまねども

かへし　　　　　　　　　　　　　　西行

この世にてまた会ふまじきかなしさに
勧めし人ぞ心乱れし

この世では二度と会えないことの悲しみに、枕頭で臨終正念を勧めた自分の方が、かえって取り乱してしまいましたと、西行は正直に告白している。

とかくのわざ果てて、後の事ども拾ひて、高野へまゐりて帰りたりけるに

入るさには拾ふ形見も残りけり
帰る山路の友はなみだか

と、再び寂然から、西住を火葬に付したのち、西行が骨を拾って高野山へ帰ったので、という詞書《ことばがき》のもとに、右のように詠んで送った。——山へ入るまでは遺骨も残っていたが、帰途の山路では、涙を友となさったのでしょうかと、「なみだ」を「(友は)無み」にかけたのである。

かへし　西行

いかにとも思ひ分かずぞ過ぎにける
夢に山路を行く心地して

ここでも西行は自分の弱さと優しさを露呈しているが、そのほかにも西住を想って詠んだとおぼしき歌は無数にある。

秋頃、高野へまゐるべき由《よし》たのめてまゐらざりける人

の許《もと》へ、雪降りてのち、申し遣はしける

雪深くうづみてけりな君来《く》やと
紅葉のにしきしきし山路を

人来《こ》ばと思ひて雪を見るほどに
鹿跡《しかあと》つくることもありけり

跡とむる駒《こま》のゆくへはさもあらばあれ
うれしく君にゆきにあひぬる

さびしさにたへたる人のまたもあれな
庵《いほり》ならべん冬の山里

もろともに影を並ぶる人もあれや
月の洩《も》りくる笹《ささ》の庵に

女人禁制の高野山に女性が音信《おとず》れる筈はなく、冬の吉野山も女性には厳しすぎたであろう。西行が「人」と呼んでいる場合は殆《ほと》んど西住のことと解していいと私は思っているが、そういう人と男色関係が皆無であったとは考えられない。元より西行は自由に生きた人間である。男女の間に差別はなかったであろうし、自分自身の中にも、両性は同居していた。私にとっての西行はけっして聖人ではない。時に女々しいまでに心弱く、時には文覚をもとりひしぐ程の力をもって、「数寄」の道を一途に歩んだところに彼の両性具有的な魅力は見出《みいだ》せるように思う。

稚児《ちご》のものがたり

院政時代から南北朝を経て室町時代に至る間が稚児《ちご》の全盛期であった。その後、現代に及ぶまで男色の趣味は衰えるどころか、いよいよ盛んになるばかりだが、売色を行うようになると、「稚児」と呼ぶのは不適当なように思われる。肉体関係のあるなしに拘《かか》わらず、当時は主人と稚児の間には、師弟の契《ちぎ》りともいうべきものが厳然と存在し、学問や行儀作法はもちろんのこと、和歌、音楽その他の芸能一般に至るまで、大人に成長するための教育がほどこされていた。少年たちは、肉体的にも精神的にもそのもっとも不安定な一時期に、子供から大人に脱皮することができたのである。もしかすると、それは安全かつ適確な方法であったかも知れない。学校がなかった頃は、西欧でもギリシャ以来、賢人のもとで教育がなされるのはふつうのことであったが、何といっても相手は人間のことだから、汚れに染まぬ少年の清らかさと美しさに心を動かさぬものはなかったであろう。

折口信夫《おりくちしのぶ》の弟子が書いた憶《おも》い出話を読んだことがある。ずい分昔のことなので、こまかいところは忘れてしまったが、ある晩、彼が寝ているところへ先生が入って来て、挑んだ。お弟子さんにはまったくそちらの方の趣味はなかったので、最後まで抵抗すると、先生は悲しそうにいわれた。

「お前は優秀な弟子なのに、わたしのいうことを聞かないと、わたしのほんとうの思想は伝わらない。伝統とはそういうものなんだよ」と。

人はこの著名な碩学《せきがく》にはあるまじき振舞だというかも知れない。また学問はそんなものではないとさげすむであろう。だが、私はそうは思わない。先生はほんとうのことをいわれたのだ。究極のところ、伝統というものは肉体的な形においてしか伝わらない。でなければ、「血脈」というような言葉が生れた筈《はず》もない。兼好《けんこう》法師は徒然草《つれづれぐさ》の中でこのように語っている。

男女《をとこをみな》の情《なさけ》もひとへに逢《あ》ひ見るをば言ふものかは。

男女の情というものは、現実に逢うことだけが重要なのではない、と記したあとは括弧《かっこ》づきで、――逢いたくても逢えないでいる方がいっそう哀れが深いし、男女の情というものが身に沁《し》みてわかる、そういっているのである。

たまたま折口さんはホモだったために直接行動に出るしかなかったのであろうが、それはそれとして伝統についていわれたことは真実である。魂と魂が歩みよって、触れ合った瞬間、人は感電したようなショックを受ける。先生はそういうことを身をもって示したかったので、私にはその切なさがよくわかるような気がする。

最初は僧院の中でひそかに行われていた男色も、鎌倉・室町時代に至ると、史書や歌書にも公然と表われるようになる。吾妻鏡《あずまかがみ》・増鏡《ますかがみ》、古今著聞集《こ　こんちよもんじゆう》、徒然草、太平記、慈円《じえん》の拾玉集《しゆうぎよく》、無住《むじゆう》の沙石集《しやせき》等々、そのほか物語や絵巻物を入れると枚挙にいとまもない。一々述べるのはわずらわしいのでそのうちの二、三をあげると、増鏡の藤原家平《いえひら》の執念などは凄《すさま》じいものである。

この殿若くおはします頃は、女にもむつまじくおはしまして、この右大臣殿（経忠）などもいでき給ひける。中頃よりは、男をのみ御傍《かたはら》に臥《ふ》せ給ひて、法師の児《ちご》のやうにかたら（ふ）ひ給ひつつ、ひとわたりづつ、いと花やかに時めかし給ふ事、けしからざりき。

彼には何人かの寵人《ちょうじん》がいたが、中でも隠岐守頼基《おきのかみよりもと》というものを童《わらわ》であった頃から愛しており、家平が髪をおろした時もともに剃髪《ていはつ》し、家平の病が重くなると夜昼かたわらから離さなかった。ついに臨終と見えた時、頼基によりかかりながら、「あはれ、もろともにいでゆく道ならば嬉《うれ》しかりなむ」と、いったとたんに息絶えた。程なく頼基入道も病みつき、前後も知らず惑いながら、誰かにかしこまる気色で衣を着るふりをして、「やがて参り侍《はべ》る〳〵」とひとり言をいっているうちに死んでしまった。「故殿（家平）のさばかり思《おぼ》されたりしかば、召しとりたるなめりとぞ、いみじがりあへりし」（増鏡――秋のみやま）

何とも気味のわるい話であるが、「秋の夜の長物語」などは、一応仏教説話の形はとっていても、実在の人物の哀話である。

――後堀河院の時代に、瞻西《せんさい》上人という高僧がいた。若い頃は比叡山《ひえいざん》の学僧で、桂海と名のっていたが、自分の信仰に物足りないものを感じ、石山寺へ詣《もう》で一七日《いっしちにち》の間参籠《さんろう》しようと決心した。

その七日目の満願の夜に夢を見た。錦《にしき》のとばりの内からたとえようもなく美しい稚児が現れ、散りかかる桜の木蔭《こかげ》で休んでいる。「青葉がちに縫物したる水干《すいかん》の、遠山の花ふたたび咲きて、雪の如《ごと》くにふりか〻りたりけるを袖《そで》につつみながら、いづちへ行くともおぼえぬに、暮れゆく色に消えて見えずなりぬと見て夢はさめぬ」と形容している。

これこそ所願成就《じょうじゅ》のしるしであると思い喜び勇んで住房へ帰ったが、夢に見た稚児の面影が片時も忘れられず、再び石山寺へおもむいた。叡山を出て三井寺の前をすぎて行った頃、春雨が降ってきたので、とある民家の軒先で雨宿りをしていると、十五、六歳の稚児の薄紅いの袙《あこめ》（下襲《したがさね》）を着て、「腰のまはりほそやかに、けまはし深くたをやかなるが、人ありとも知らざるにや、みすより庭に立ち出でて、ゆきおもげに咲きたる下枝の花を手折りて、

ふる雨にぬるとも折らむやまざくら
くものかへしの風もこそ吹け

とうちながめて、花の雫《しずく》にたちぬれたるてい、これも花かとあやまたれて、さそふ風もやあらむとしづごころなければ、云々《うんぬん》」と、心をうばわれた様をくわしく描写している。こういうところは現代語に訳すと情趣を失うから、あえて原文を引いた次第

であるが、その美しさは石山寺で夢に見た姿形と寸分たがわぬので、稚児に仕えているる童子に名前をたずねると、花園の大臣の子で、名を梅若君というと教えた。

心利《き》いたこの童子の指図にしたがい、三井寺のさる坊を宿舎として、梅若君と逢う機会を待っていたが、ある夜若君の方から訪ねてきた。かがり火に照らされて羞《はず》かしそうに入ってきた稚児の「嬋娟《せんげん》たる秋の蟬《せみ》のはつもとゆひ、宛転《えんてん》たる娥眉《がび》のまゆずみのにほひ、花にもねたまれ、月にもそねまれぬべき」かほばせは、「絵にかくとも筆もおよびがたく、語るに言葉なかるべし」という風情《ふぜい》であった。望みをはたした桂海は、あまりのうれしさにこのような麗人とまた逢う日まで生きていられるだろうかと思ったが、悲しいことにそれは事実となった。

その後、彼は恋の病となり、臥ししずんでいたが、そうと聞いた梅若君は童子と二人だけで比叡山へ訪ねて行くことにした。その途中、天狗《てんぐ》にかどわかされて、山の石《いし》牢《ろう》に閉じこめられてしまった。大臣の御所では、若君が行方不明になったので、上を下への大騒ぎである。桂海のことをうすうす嗅《か》ぎつけていた三井寺では、衆徒が山門（比叡山延暦寺《えんりやくじ》）へ押し寄せようといきまいていた。それを聞いた山門では、末寺末社へ通達して、二十万七千余の僧兵を集めて三井寺を攻め、金堂・講堂はもちろんのこと、三千六百余の堂塔へ火を放ち、またたくうちに焼亡しつくした。山門・寺門の間に合戦があったことは事実だが、二十万七千の僧兵を集合したというのは大げさにすぎる。ちょうどその頃二寺の間にいざこざがあったのを、桂海と梅若君の恋愛にかこつけて潤色したのであろう。またそれを天狗のせいにして、聖護院《しょうごいん》の門跡たちが逃げまどう有様ほど滑稽《こっけい》なものはなかった。近頃これほど愉快な見ものはないと手を打って喜んだというのも、天狗を乱暴な山法師たちに見立てて日頃の鬱憤《うっぷん》を晴らしたかったに違いない。

さて話を元に戻すと、桂海は自分のために騒ぎが起ったことに責任を感じ、戦場では獅子《しし》奮迅《ふんじん》の勢で戦ったが、さいわい戦いは短時間で終ったので、命には別条なくて済んだ。

一方、梅若君の方は、合戦の最中に石牢から助け出されたが、実家の花園の大臣の邸《やしき》へ行ってみると焼野原と化しており、三井寺はと見れば仏閣僧房一つ残らず焼亡していた。これは皆自分のために起きたことと一図に思い定め、桂海に一首の歌を書き遺《のこ》して琵琶湖の淵《ふち》に身を投げてしまった。

わが身さてしづみはてなば深き瀬の

底まで照らせ山の端《は》の月

これを見た桂海は色を失い、道往《ゆ》く人々にたずねつつ瀬田の橋へ行きつき、小舟に乗って遺骸《いがい》を探してみたが、どこにも見つからない。やがて「供御《くご》の瀬」というところまで下って行くと、紅葉のような濃きくれないの色が、岩のはざまに流れかかっていた。傍へよってみると、はたして梅若君である。

なくなくとりあげて、顔を膝《ひざ》にかきのせれば、ぬれて色こきくれなゐのしほしほとしたる、雪のごとくなる胸のあたりも冷えはてぬ。乱れて残るまゆずみの色、こぼれてかかりしみどりの髪、ひとたび笑めば百のこびありしまなじりもふさがりて、色変じぬれば、見るに目もあてられず語るにことばなかるべし。

桂海は生きた心地もなく、そこで三日の間血の涙を流していたが、「底まで照らせ山の端の月」という遺言を守って、遺骨を首にかけて高野山へ登り、後に西山の岩倉に庵室《あんしつ》を結び、稚児の後世を弔った。

桂海は修行を積んで徳の高い僧となり、瞻西上人と名のったが、西山の庵室へ行ってみると、三間の草堂の中で、松の落葉を薪とし、藤豆で命をつないでいたという。

　むかし見し月の光をしるべにて
　こよひや君が西へ行くらむ

と、書院の壁に書きつけてやがて命を終ったと聞くが、弟子の僧侶《そうりよ》たちが、上人の遺志をつぎ、都へ近いところに寺を建てて衆生を済度した。これが東山の雲居寺《うんごじ》である。

　以上が「秋の夜の長物語」の梗概《こうがい》で、「長物語」というだけあって非常に長い説話であるが、似たようなものに「鳥部山物語」、「松帆の浦の物語」、「幻夢物語」、「あしびき」、「辨《べん》の草紙」、「花みつ」などがある。このうち「あしびき」は絵巻物になって残っており、比叡山東塔の僧玄怡《げんい》と、東大寺東南院の得業《とくごう》の子という稚児との恋物語である。

　後崇光院《ごすこういん》の「看聞御記《かんもんぎよき》」によれば、あしびき絵の詞《ことば》（第四巻）は後崇光院の宸筆《しんぴつ》で、絵は粟田口《あわたぐち》民部という絵師の作であったという。ただし、それは最初に造られた「あしびき絵」で、現在、逸翁《いつおう》美術館に蔵されているものは十五世紀後半の模写である。

「芦引絵巻」(逸翁美術館蔵)より　稚児を囲んで酒宴を開く僧たち

それによって私たちは、この種の絵巻物は宮廷でも大切に扱われたことがわかるし、また民間でも数多く作られていたことを知るよすがとなる。したがって、朝廷でも、寺院でも、表向きは仏教説話として通っており、その実官能的な稚児の容姿に現《うつ》つをぬかしていたのであろう。

それら多くの稚児の絵巻物の中では、「稚児観音縁起」と名づけるものがもっとも簡潔で、時代も古いと思う（十三～十四世紀初頭）。

——昔、大和の国長谷寺《はせでら》の近くに身分の高い老僧がいた。が、身近に仕えて、仏法の後継者となってくれる弟子はいなかった。

あけくれ自分の不運を嘆いていたが、長谷寺の本尊の観音に「月詣《つきもう》で」をして、よき弟子を授け給え、と祈っていた。その満願の日が来ても一向にしるしがない。これは自分の修行が足りないせいであろうと嘆きつつ、明方になって山を降りると、尾臥《おぶせ》の山の麓《ふもと》の薄《すすき》の原で、十三、四歳の優雅な少年に出会った。月光のもとで、漢竹《からたけ》の横笛を嚠々《りようりよう》と吹き鳴らし、丈なす黒髪に置く露にしとどにぬれて立つ姿はたとえようもなく美しい。

もしや変化《へんげ》のものではないかと疑ってみたものの、言葉を交してみると、奈良の東大寺のあたりに住む者と答えた。稚児がいうには、師の御坊からきついお叱《しか》りを受けて寺を出ましたが、どこへ行く当てもない。どうぞおそばで中童子《ちゆうどうじ》（中位の年の召使い）にでも使って下さいませんか、というので、老僧は喜び、手に手を取りあって寺へ帰った。

そばに置いて使ってみると、まことに上品で、心優しい少年である。老僧は、折にふれて、詩歌管絃を催したりして稚児の心を慰めた。これこそ観音の利生《りしよう》の賜物と、二人は仲むつまじく年月を送っていたが、好事魔多しで、三年めの春の暮つかた、稚児はにわかに病気になった。日に日に身は痩《や》せおとろえ、命旦夕《たんせき》にせまったので、稚児は僧の膝を枕《まくら》にして、手を握りしめ、互いにつきぬ別れを惜しんだ。

臨終にのぞんで彼がいうには、間もなく私は息をひきとりますが、土葬にも火葬にもせずに、遺骸は棺におさめて、持仏堂に五七日（三十五日）の間おいて下さいませ。その日がすぎたら開けて下さいと、苦しい息の下から言残して絶命した。

老僧は泣く泣く稚児の言葉どおりに棺をそのまま持仏堂に置き、近在の人々を集めて、法華経《ほけきよう》を読誦《どくじゆ》し、丁重に亡《な》き跡を弔った。やがて五七日の供養《くよう》が終ったので、棺の蓋《ふた》をあけてみると、稚児の遺体は影も形もなく、金色燦然《さんぜん》とかがやく十一面観音が出現したので一同は息を呑《の》んだ。

「稚児観音縁起絵巻」(香雪美術館蔵)より
老僧と稚児が薄の原で出会う

臨終を迎える稚児

稚児の死を嘆き悲しむ老僧

棺より現れ、天空に飛び去る十一面観音

「我は是、人間の物にはあらず、普陀落世界の主、大聖観自在尊と云」とおごそかに告げた後、汝《なんじ》が信心殊勝なれば、しばらく童男《とうなん》のかたちを現じて、二世の契りを結べり。今より七年後の秋八月十五日には必ず汝を迎えに来るべし。極楽浄土の九品蓮台《くほんれんだい》の上にて再会を遂ぐべしと、光を放っていったかと見るや虚空《こくう》に上り、紫雲の中に隠れてしまったというのである。

薄の原で二人が出会う場面にも情趣があり、棺の中から十一面観音が現れて、昇天して行く景色も自然で美しく、一幅の名画を見る思いがする。多くの稚児草紙や絵巻物の原型は、必ずこのような物語にあったに違いない。観音の利生譚《たん》を通じて、色即是空の本質を、一般民衆にも理解しやすく述べているといえようか。

天狗《てんぐ》と稚児《ちご》

天狗《てんぐ》といえば、ああ、あれか、と日本人ならすぐわかる。ではその正体は何かと問われると、簡単に説明することはできない。

はじめて歴史に現れるのは日本書紀、舒明《じょめい》天皇九年二月二十三日のことで、「大きなる星、東より西に流る。便《すなは》ち音有りて雷《いかづち》に似たり。……是《ここ》に、僧旻僧《そうみんほふし》が曰《い》はく、流星に非《あら》ず。是天狗《あまつきつね》なり。其《そ》の吠《ほ》ゆる声雷に似たらくのみ」と記し、この時天狗が中国から飛来したのである。

天狗の狗は狐ではなく犬のことで、中国の山海経でも赤犬が天に上って流星となったというが、中国ではその後あまり発展することはなかった。いずれにしても妖怪変《ようかい》化のたぐいであり、平安時代には木霊《こだま》に擬せられていた。それが急激に活躍しはじめるのは院政時代で、武家の台頭と修験道《しゅげんどう》の発達とも関係があり、天狗は下界へ降りて来て、人間の近くに住むようになる。

夜中に大木《き》を伐り倒す音のする「天狗倒し」、どこからともなく飛んでくる「天狗の礫《つぶて》」、お水取の間に必ず一度は吹くという「天狗風」、子供をさらって行く「天狗かくし」、「天狗松」や「天狗杉」、「天狗のとまり木」等々、枚挙にいとまもない。お水取といえば、行法の最中に、練行衆が中座する時、「手水手水《ちょうずちょうず》」と大声で呼ばわるのも、留守の間に天狗がいたずらをするといけないので、すぐ帰って来るという意味らしい。依然として姿は現さないが、ちょっとしたスキにわるさをするのが得意で、前章の山門・寺門の合戦でも、偉い坊さんたちがあわてふためいて逃げまどうのを、近頃あんな愉快な見ものはなかったと手を打って喜んだというのも面白い。同じ霊界の住人でありながら、陰惨な鬼とはちがって、天狗はどこか間がぬけていて、トリックスター的なおかしさがあるところが長く生きのびた所以《ゆえん》であろう。

今昔物語や沙石集《しゃせきしゅう》には天狗の話がいくらでも出てくるが、その頃から絵巻物や図像にしきりに描かれるようになる。天狗の中の親分は神さまに昇格され、京都の愛宕《あたご》、鞍馬《くらま》、近江《おうみ》の比良山《ひらさん》、鳥取の大山《だいせん》、紀州の大峯《おおみね》、信州の飯縄《いいづな》、筑紫の彦山《ひこさん》、讃岐《さぬき》の白峯などは特に有名である。

日光輪王寺の稲縄権現《ごんげん》や秋葉山の本尊は、仏教の八部衆のカルラのように嘴《くちばし》がとがった鳥類型の神像で、この嘴が高い鼻に変じて行ったのではあるまいか。そこから猿《さる》田彦《たひこ》のイメージを連想するようになったが、時には仏法の守護神となり、時には仏法を妨げる魔王と化す、といったように、さまざまなものに変化するのだから始末に悪い。

今あげた讃岐の白峯の天狗は、おそらく保元の乱に敗れて白峯に葬《ほう》むられた崇徳《すとく》上皇の霊魂が魔王となったものであり、後白河法皇に至っては、頼朝《よりとも》から生きながらに「日本国第一の大天狗」とハンコを押されたことで知られている。

九条兼実《かねざね》の日記「玉葉」には、「只《ただ》、天狗万事を奉行するの比なり。沙汰《さた》なし。祈《き》禱《とう》なし。何を以《もっ》てか安全を期すべきや」と記しており、天下をあげて天狗の存在を信じていたことを物語っている。それではあまり広範囲にわたり、とても私の手におえないので、ここではそういう世相の中から生れた「天狗草紙」について述べてみたい。

天狗草紙は絵巻物で、その詞書《ことばがき》によると、鎌倉末期に制作されたものらしい。南都北嶺《ほくれい》の僧侶《そうりょ》の生態を天狗にたとえて戯画化したものである（中央公論社――続日本の絵巻のうち）。

最初は「延暦寺《えんりやくじ》の巻」で、琵琶湖の景色が、松の翠《みどり》を点景にしてゆったりと描かれ、日吉《ひえ》神社の社頭に至る。そこには裹頭袈裟《かとうけさ》をまとった数人の衆徒《しゅと》が、薙刀《なぎなた》を手にした稚児を連れて現れる。南方熊楠《みなかたくまくす》によると、聖人が后を犯して天狗になった物語はあるが、「後代の話はみな天狗すこぶる女嫌いで、霊山聖地へ禁を破って登った婦女が天狗に裂かれたという」（続南方随筆）とあり、天狗草紙にも稚児は大勢出てくるが、女は市井《しせい》の通行人の中に稀《まれ》に姿を見せているにすぎない。

画面は日吉神社の東本宮から西本宮へとつづき、木立の間に猿の群が遊んでいるのが見える。猿は日吉の神の使わしめであるから、大事にされたのであろう、社殿の上にまで登って下を通る僧たちと稚児を興味深げに眺めている。次第に山道は険しくなり、やがて延暦寺の境内に至る。ここにも老僧のお供をしている稚児と、裏頭袈裟に身をかためた荒法師らが、同じく稚児と寺侍をひき連れてどこかへ向うところである。

やがて「三塔会合僉義《さんとうえごうせんぎ》」と書いた講堂に行き着き、ここで三塔（東塔、西塔、横《よ》川《かわ》）の大衆《だいしゅ》が集って会議を開くため、皆が急いでいたことがわかる。物々しい風景で、園城寺《おんじょうじ》（三井寺）の奴等《やつら》が気に食わんから、神輿《しんよ》をかつぎ出して焼き打ちにしてくれんと息まいているのだ。ここにも薙刀片手に凄《すご》んでいる稚児がおり、鎧兜《よろいかぶと》を着た法師も交っている。武蔵坊《むさしぼう》弁慶もこのような荒法師の一人だったのであろう。

講堂をすぎるとまたしても静かな山中の景色となり、西塔に達する。左の山の上に天狗が三匹いるのが見え、右手の山懐《やまふところ》には「僉義」を終えた僧侶たちが、半分天狗と

「天狗草紙絵巻　延暦寺巻」（東京国立博物館蔵）より
稚児を連れた老僧と拝殿の屋根で遊ぶ猿たち

化してたむろしている。惣持院《そうじいん》には、翼の生えた稚児たちがいて、建物の壁に一首の歌が記してある。

妙果《めうぐわ》あれやわが立つ杣《そま》の杉の木の
末頼もしき若天狗かな

これは伝教大師の有名な歌、

阿耨多羅三藐三菩提《あのくたらさんみやくさんぼだい》の仏たち
わが立つ杣に冥加《みやうが》あらせ給へ　（新古今集）

をもじったもので、天台の祖師まで天狗にはからかわれているのである。

またしばらくの間杉木立を縫う山道がつづくが、間に美しい朱《あけ》の鳥居が建っていたりして見る人を飽きさせない。今も述べたように、この辺が天狗の住《す》み処《か》だったに違いない。ふと思い出したのは比叡山《ひえいざん》には「三魔所」と称して、魑魅魍魎《ちみもうりよう》がひそんでいるので畏《おそ》れられている場所があることだ。私が訪れたのはずい分昔のことなので定かではないが、いずれも日の当らない陰気なところで、薄気味わるい感じがした。この絵巻物にある慈恵《じえ》大師良源《りょうげん》（九一二―九八五）の廟《びょう》に至る間の杉並木（今はブナの林）のあたりも、魔所の一つであったように記憶している。

慈恵大師は正月三日に生れたので、元三《がんさん》大師とも呼ばれ、火災などで荒廃した延暦寺の再建に力をつくしたため比叡山中興の祖と仰がれていた。平安末期以降は、悪魔調伏に霊験《れいげん》あらたかな大僧正として信仰されたが、別名を「角《つの》大師」ともいい、天狗の首領みたいなちょっと胡散《うさん》くさいところもあり、比叡山の最後の巻が、この人の墓所で終っているのも、天狗と関係が深かったことを暗示している。

次は「園城寺の巻」で、この寺は春は花、秋は紅葉に彩《いろど》られて、幽奇な眺望であった。眼にうつる色、耳に聞える声は、すべて執心を増し、憍慢《きょうまん》の心を起すが故《ゆえ》に魔物のつけいる所となった。詞書はそういう意味のことを記し、おそらくそういう絵がともなっていたのであろう。

が、今は失われて、いきなり唐院での評定の場面となる。延暦寺の「三塔会合僉義」と似たような構図で、築地《ついじ》でかこまれた唐院の内外には裏頭袈裟の僧侶たちが群れており、比叡山を相手に戦う相談で余念がない。

築地の外では、これはまた呑気《のんき》な！　田楽法師の一団がすぎて行くところで、馬に乗って奇妙な恰好《かっこう》をした侍や稚児たちが後につづいている。一方では合戦の準備をし、もう一方では田楽にうつつをぬかしている法師たちが、稚児を中にして見物しているというおかしさだ。みな真面目《まじめ》な表情をしているのでよけいおかしい。説明はなくても、それが当時の寺院の風潮だったのであろう。

そのことを強調するかのように、金堂の前にも裏頭袈裟の荒法師がいて、おも立った一人が演説をぶっている。「尤《もっとも》」「尤」と同意する声が聞え、今にも打って出ようとする気配が感じられる。その塀の外側には二匹の烏天狗《からすてんぐ》が、若い僧と立ち話をしている。

「われらは天狗になるよな。不便《ふびん》なることかな」

と、喋《しゃべ》っている間にはや僧の顔は半分天狗になりかかっている。そこにはもう一人の老僧が、美しい稚児をつれて後向きに歩いているが、顔をそむけているのは既に天狗と化しているのかも知れない。

右側には、三井（御井）の名の起りとなった「金堂水」、左側には「竜宮城鐘也」と記した鐘楼がある。俵藤太秀郷《たわらとうたひでさと》が、三上山の百足を退治した功により、竜宮から贈《むかで》られたという伝説に則《のっと》っており、今でも三井寺では、この二つが観光の目玉になって

「天狗草紙絵巻　園城寺巻」（個人蔵　写真・中央公論新社）より
中央下の二匹の烏天狗と話す僧は顔が天狗に変わりつつある。中央上の
稚児を連れて歩く僧が顔をそむけているのは、天狗と化しているからか

いる。

三番目は「東寺の巻」である。東寺と醍醐寺《だいごじ》と高野山が、つまり真言密教の本山格の寺院が、一つにまとめて描いてあるのだが、少しも不自然に見えないのは、間をへだてる風景が実に巧《うま》く処理されているからで、画家の功名といえるであろう。詞書の書体は変ってしまっているが、絵はおそらく宮廷の画家が描いたもので、鎌倉時代の風韻をよく伝えている。

ついでのことにいっておくと、巻末に狩野探幽《かのうたんゆう》の筆で、室町時代の土佐将監光信《とさのしょうげんみつのぶ》が描いたという極付《きわめつき》がのっている巻もあるが、茶器の鑑定書と同じようにいいかげんなもので、ゆめゆめ探幽天狗なんかにだまされてはなるまい。

東寺の絵は南大門の付近だけに止どめ、往来の人々が馬に荷をつんで運んで行く。門前には市女笠《いちめがさ》をかぶった女が鼓《つづみ》を打って今様か何かを歌っているが、女が出てくるのはこういう末端のところだけである。東寺の前から南へかけてはるばると田圃《たんぼ》がつづいており、私が幼い頃もほぼこれに似た風景であった。緑したたる丘をへだてて、やがて醍醐寺が見えて来る。

醍醐の桜は今でも有名だが、昔はここで毎年「桜会《え》」が催され、稚児の舞楽が当日の呼びものであった。満開の桜が散る中に舞台をしつらえ、いずれ花かと見紛うばかりの稚児たちの「狛鉾《こまぼこ》」の舞が今終ろうとしている。そのうちの一人は既に退場するところで、荒法師の一人が酒に酔ってその前にころがり出て、扇をふりかざして見とれている場面である。左手の方には楽人が居並んで楽を奏し、まわりには法師たちがヤンヤヤンヤと囃《はや》したてている。後方にいる裏頭袈裟の稚児は、身分の高い人の息子であろうか、紅の衣を着て、大勢の法師たちをしたがえ、静かに見物しているように見える。上品な稚児と、武張った稚児と、おかま的な不良少年を、それぞれ描き分けているのが見事である。

「桜会」は一名「清滝会」とも称し、清滝の宮の祭に原型があったようである。したがって、ここは何としても清滝の社の風景が必要となる。お宮は山へ少し登ったところにあるので、緑青《ろくしょう》と群青《ぐんじょう》に染めわけられた深山が描かれ、平地との間をへだてている。

現在は細々と滝が落ちているところに祠《ほこら》があったように思うが、絵巻には創建当時の立派な社が建ち、かたわらに清流が流れている。醍醐寺はそこまでで、そこから先は高野山の雄大な景色となり、山また山を越えて行くと弘法大師の御影堂の前へ出る。そこには大師が入唐中に投げたという三鈷《さんこ》（両側に三つの爪を持つ仏具）が飛来して

「天狗草紙絵巻　東寺巻」(東京国立博物館蔵)より
醍醐寺の「桜会」で「狛鉾」の舞をまう稚児たち。左の幌の中は楽人たち

松の枝にかかったと伝える「三鈷の松」が描かれ、山の麓《ふもと》をさらに進むと多くの卒塔《そと》婆《ば》が並んでいるところへ行きつく。

今、墓地になっている参道がそれだと思うが、その卒塔婆の奥に拝殿があり、すぐうしろに結界をめぐらした奥の院が望める。ここが弘法大師の廟所であって、さすがに高野山内には天狗の影も形もない。

が、考えようによっては、「東寺の巻」は、名実ともに醍醐寺の桜会が中心になっており、前後の二寺はつけ足りにすぎない。そうかといって真言密教の本山を無視するわけにも行かず、東寺では南大門を、高野山では奥の院を描いて、首尾一貫しているのは心にくい趣向である。

中央公論社の「天狗草紙」の解説によると、元は七巻あったようである。

一　興福寺巻（法相《ほっそう》宗）
二　東大寺巻（華厳《けごん》宗）
三　延暦寺巻（天台宗山門派）
四　園城寺巻（天台宗寺門派）
五　東寺巻（真言宗）

六　三井寺巻A（浄土宗　時宗　禅宗）
七　三井寺巻B（結巻）

以上の七巻で、このうち興福寺と東大寺の巻は後世の模写なので全集から省いてある。詞書その他に関しては天狗草紙の解説を読んで頂きたいが、既に「園城寺の巻」があるというのに、別に「三井寺の巻」が二巻つづいているのは不思議である。私の想像では、前者は園城寺の内部での出来事、後者は園城寺の外部で起ったことを記しているからだと思うが、AとBに分れているのは解説者の便宜のためであろう。

「三井寺の巻」はこのようにはじまる。——その頃三井寺には四人の名僧がいた。ある夜比叡山で一人の学生《がくしょう》が睡眠していると、夢の中でいつしか三井寺へ飛行《ひぎょう》していた。たまたま机に向っていた信誉という名僧の部屋の障子に、学生の影が映ったので、小刀で鼻のあたりを切ったが、不思議なことに比叡山で寝ていた学生の鼻がその時切られていたという。

学生は信誉の弟子になりたかったのに、鼻を切られたので恨みに思っていた。で、今度は彼の魂が長舜という名僧のもとへ飛んで行き、同じように切られたが、刀が鈍かったために助かった。その後、長舜は、毎夜のように彼の霊魂に悩まされたというのである。

障子に映っている影は妖怪《ようかい》のようにも見え、学生はもしかすると天狗にとりつかれていたのかも知れない。彼が鼻をおさえて横になっているところでこの段は終るが、当時の人々には、たとえ相手が名僧といえども学問に執着してはならない、それは天狗の所業である、という教えが含まれていたのではあるまいか。

場面は変って、一人の聖《ひじり》が極楽往生を願って、日夜朝暮に念仏を唱えていた。ある日大した病気でもないのに、どこからともなく妙《たえ》なる音楽が聞え、聖衆《しょうじゅ》が蓮《はす》のうてなを捧《ささ》げて来迎《らいごう》するのを見た。聖は随喜の涙を流し、蓮台《れんだい》に乗ってみるみるうちに西の空高く昇天して行った。

いく重にも重なる雲海をすぎて行くと、あら不思議や、聖衆と見えたものは天狗に変り、はるかかなたの深山幽谷の高い梢《こずえ》の上に聖をしばりつけて、かき消すように失《う》せてしまった。二、三日経《た》って、鷹《たか》の子を取りにきた狩人《かりゅうど》が、木の上から人が叫んでいるのを聞きつけ、降してやって子細を問うと、これこれしかじかと話したので、一同は驚きあきれたという。

十訓抄《じっきんしょう》にもこれとよく似た話があり、能の「大会《だいえ》」にも脚色されているから、当時はよく知られていた物語だったに違いない。いずれも少しずつ異なるのであるが、極楽をまのあたり現出してみせるのは天狗の得意とするところで、愚直な僧侶たちをだましてい悦に入っていたのだろう。してみると、天狗草紙も仏教説話の一種で、いくらありがたい出来事でも、簡単に信じてはいけないという教えだったかも知れない。

場面はがらりと変って、ここは丹波の篠村である。現在の篠山《ささやま》ではなかろうか。そこに住んでいた僧が、山の中で道に迷って困っていると、大きな樹《き》のもとに偉そうな坊さんが七、八人集って何か相談している。よく見ると天狗である。怖ろしいので木の洞に身をひそめて耳をこらしていると、仏法を滅ぼそうと思っているが、どうも巧くいかん。どうしたら成功するだろう、と主立った一人がいうと、末座の僧が進み出て、それはいとたやすいことだ。今、世間の人たちは念仏ばかり唱えているから、達《だる》磨《ま》の一行（禅宗）を修行させれば、仏法は直ちに衰微するに違いない、と。それには二、三反対する天狗もいたが、ナァニ、いろいろ珍しいことを教えてやり、空から花を降らし、紫雲が立つのを見せればイチコロで参ってしまう、というので、一同心を併せてそうすることに決めた。

その後いくばくもなくして、世間では奇妙な振舞をする人たちがふえて来た。一向衆と名づけ、阿弥陀如来《あみだにょらい》のほか信仰するものを排斥し、神社へ参ることも許さない。袈裟をかけることさえ出家の姿であるといって退け、汚いきものを着て頭を振り、肩をゆすって市中を闊歩《かつぽ》すること、まるで野猿のようである。また、「放下《ほうげ》の禅師」と称して、髪も剃《そ》らずに烏帽子《えぼし》を着て、簓《ささら》を摺《す》り、大声で唄《うた》い歩く連中もいた。

画面は一向衆の狼藉三昧《ろうぜきざんまい》にはじまり、空には紫雲がたなびき、その中から烏天狗が花を降らしている図も克明に描かれている。

「あはや、紫雲の立ちて候《さうらふ》は、あな貴とや」

「一遍房、迎ひて人の信ずるは、空より花の降ればなりけり」

あれほど民衆に崇ばれた一遍上人《しようにん》も、ここでは「天狗の首領」に成り下っている。上人の尿を呑《の》めば、万病に利《き》くと信じられていたようで、「所望の人のあまた候に、多く仕入れさせ給ひ候へ」と、じかに竹筒をつっこんで、尿をとっている弟子もいるといった工合で目も当てられない。

その隣りでは、放下の僧が、何やら唄いながら踊り狂っている。能にはこの「放下《ほうか》僧《ぞう》」も取入れてあるが、もとは禅寺の喝食《かつしき》で、芸達者な半俗半僧の稚児であった。

次の場面では、僧と稚児と天狗が入乱れて酒盛りをはじめたが、そのうちの二人が真中に出て踊っている。

「面白き物、はれ、霹靂神《はたたがみ》・稲妻・俄焼亡《にはかぜうまう》・辻風《つじかぜ》・破れたる御願寺・人離れの古堂《ふるだう》・枯蔦《かれつた》多き大杉、涼しくぞ覚ゆる」

「恐ろしき物は、よな、尊勝陀羅尼《そんしょうだらに》・大仏頂・火界の真言・慈救咒《じくのじゅ》・おこなひふるす不動尊・所銹《さび》の古剣・赤木の柄《つか》の腰刀、……」

など、狂言の小歌舞《こうたまい》でも見ているように面白い。それにつづいて四条河原で遊んでいる子供たちに肉でつられた天狗（実は鳶《とび》）が捕えられ、首をひねられて死んでしまう。友達の天狗が助けようとしたけれども果せず、羽だけ拾って日頃愛し合っていた垂髪の稚児天狗に渡すと、稚児は悶《もだ》え悲しみつつこのように歌った。

永らへて我もこの世にあらばこそ
人の形見を哀れとも見め

その供養《くよう》のためなのか、次の場面は管絃講で、美しい稚児たちをまじえて天狗どもが、或《ある》いは笙《しょう》を吹き、或いは笛、太鼓、などを奏している。この絵を見てもわかるように、天狗草紙の面白さは、人間と天狗の間にさしたる区別がなかったことだ。中国で発達しなかったのは、ふつうの生活でも、信仰の世界でも、善悪がもっとはっきりしていたからで、日本のように自由に往《ゆ》き来《き》することは考えられなかったのではないか。

→の狼藉三昧。左頁の集団の中央が一遍上人、右頁上は花を降らす烏天狗

→建立する天狗たち。働いている間に天狗の顔が常人に変わってくる

「天狗草紙絵巻　三井寺巻 A」(個人蔵　写真・中央公論新社) より　一向衆

「天狗草紙絵巻　三井寺巻 B」(根津美術館蔵) より　力を合わせて伽藍を

ほんとはここで筆を止めた方がよかったと思うが、天狗草紙はまだつづき、やがて心を入替えた彼らは罪滅《つみほろぼ》しに壮麗な堂塔伽藍《がらん》を建立《こんりゅう》することを志し、働いている間に天狗の顔が常人に変って来る。ついには出来上ったばかりのお堂の中で、老僧が経典を講読するのを聞いて、悟りを開き、めでたく成仏《じょうぶつ》するのである。

今、私は乱暴狼藉の場面で終った方がよかったといったが、よく考えてみると、天狗は生れかわり死にかわり現在も生きつづけているのではあるまいか。つらつら惟《おもん》みるに、近頃の世相は、院政時代とちっとも変りがありはしない。なまじ世界が広くなったために、天狗も遊び場が殖えて有頂天になっているのではないか。依然として稚児好きなことに変りはないが、最近は女嫌いでもなくなったようで、いくら年をとっても私なんかは用心した方がよさそうだ。桑原、桑原。

夢現《うつ》つの境

あんまり天狗《てんぐ》とはしゃぎすぎて病気になった。今度は肺炎である。そろそろこの世にもおさらばかと思っていたが、ほかにもいろいろ持病をもっているのでとても助からないと心にきめた。

行きつけの病院へ入り、死ぬ用意をした。用意といったって裸かで生れ、裸かで死んで行くのだから何もすることはない。あるのは持って生れた好奇心だけで、人間が死ぬってどういうことなのだろうと、見るだけのことは見ておきたいと思っていた。だが、やっぱりダメだった。私はすぐ夢現《うつ》つの世界へ入ってしまい、何もわからなくなった。ぜんぜんわからないというのでもない。ときどき乳白色の意識が戻って来て、雲の中に浮いているような気分になる。

私は、いつの間にか能の「花月《かげつ》」のシテに変身していた。隣りには顔みしりの天狗の親分がおり、空を飛びながら日本中の山々峯々《みねみね》を案内してくれる。なんてこの国は緑が多いんだろう、大好きな那智《なち》の滝をひと目見て死にたいと思ったが、モコモコした若葉の森が重なり合って何も見えやしない。

空から俯瞰《ふかん》した景色は、飛行機から見るのと大差なかったが、描写の詞《ことば》は謡曲の方が簡潔で美しいから、少しずるいけど左に拝借することにした。「花月」のシテは七つの時、筑紫《つくし》彦山《ひこさん》の天狗にさらわれ、以来、流浪《るろう》の旅をつづけているのである。

……とられて行きし山々を、憶《おも》ひやるこそ悲しけれ、先《ま》づ筑紫には彦の山、深き思を四王寺、讃岐《さぬき》には松山ふり積む雪の白峯《しらみね》、さて伯者《はうき》には大山《だいせん》さて伯者には大山、丹後丹波の境なる鬼が城と聞きしは天狗よりも怖ろしや。さて京近き山々さて京ちかき山やま、愛宕《あたご》の山の太郎坊、比良のの峯の次郎坊、名高き比叡《ひえい》の大嶽《おほたけ》に、少し心の澄みしこそ、月の横川《よかは》の流なれ。日頃はよそにのみ、見てや止みなんと眺めしに、葛城《かつらぎ》や、高間の山、山上大峯釈迦《しやか》の嶽、富士の高嶺《たかね》に上りつつ、雲に起き臥《ふ》す時もあり……

いずれも私がかつて登ったことのある山で、よく見るとお参りの人たちが歩いているのが見える。そういえば「蟻《あり》の熊野《くまの》詣《もう》で」という詞があったが、ほんとに蟻のようにぞろぞろつながって行く。日本には宗教がないという話だが、歩くことが宗教であったかも知れない。神さまは天に在《いま》すのではなく、山川草木の中に充満しているのではあるまいか。

ふと気がつくと、天狗は私をどこかの山のてっぺんに捨てていってしまい、まったく一人ぼっちになった。ようやく人ひとり通れるほどのごつごつした岩の尾根道で、左側は冥界《めいかい》、右側は人間界である。どっちへころんでも一巻の終りなのだが、「花月」はいつしか「弱法師《よろぼし》」に変っており、私は能舞台の幕を出たところ、三の松あたりにいた。

盲目で、黒頭《くろがしら》をかぶって、杖《つえ》をつき、それだけでも息苦しいのに舞台へ入るまで一人で謡《うた》いつづけなければならない。寝ていると辛《つら》いので、私は起きあがってベッドの枠《わく》に両手でしがみついていた。

……伝へ聞くかの一行《いちぎやう》の果羅《くわら》の旅、かの一行の果羅の旅、闇穴道《あんけつだう》の巷《ちまた》にも、九曜《くえう》の曼荼羅《まんだら》の光明、赫奕《かくやく》として行く末を、照らし給ひけるとかや。

かの一行って誰だっけ？　あれはたしか真言密教七祖のうちの一人で、人の讒言《ざんげん》により闇黒の果羅の国へ流される。そこには光というものが一切ないので、まったくの暗闇《くらやみ》である（つまりは盲目の弱法師のことなんだナ）。けれども無実の罪ということで、闇黒道を照らしてくれた「九曜の曼荼羅」によって最後には救われる。よくわからないが、九曜というからにはたぶん星のことだろう。

九曜ではないけれども、その時私には北斗七星が真正面にはっきりと見えた。あんなにはっきり見たのは、京都北野天神の鳥居の前で、「成程」とひどく感動した覚えがある。

まわりの景色も薄ぼんやりとではあるが見えて来た。

私は、苦しみながらどことなくたのしんでいた。ふつうの時は苦しいなら苦しい、たのしいならたのしいと、分けられるのだが、苦しみの底の深いところに恍惚《こうこつ》とした境地があり、その甘美さが何ともいえず快よい。ともすればそちらの方へ引きずりこまれそうになるが、人はそんな風にして死ぬのであろうか。そのことを「涅槃《ねはん》」というのだろうか。

だが、人間は十人十色だから、何ともいえないが、とにもかくにも私は平常心を保って苦痛に耐えていた。そして、お医者様に、「大丈夫です。大丈夫です」と言いつづけた。私は曲りなりにもこの期《ご》に及んで「平常心」を保っていられることに喜びを感じており、どっちへ転んでも、「大丈夫」という変な自信、というより糞《くそ》度胸を据えていたのである。

その晩のことか、しばらく経《た》ってのことか、まったく覚えがないが、急に喉《のど》がかわいてたまらなくなった。

「水、水」と叫んで一杯の水にありついた。そのおいしかったこと！　筆にも言葉にもつくせない。深山の巖《いわお》のはざまから湧《わ》き出て、誰もふれたことのない清水が、今、私の喉を通って胃の腑《ふ》に落ちる。それは甘く冷めたく清浄そのもので、足の先から頭の髄まで沁《し》み通って行く。夢見心地に私は、「二度とこんなおいしいものは味わえないぞ。ふつうの生活にもし戻ったらただの水に還《かえ》ってしまう」と、下らないことを考えたが、それはほんとうのことだった。

水だけではなく、私はその時「味」というものも発見したようである。私の身体は、生れたままの赤ん坊みたいになり、胃も腸もその水によって浄められ、変な言い方だが内臓全部が裏返しになったような心地がした。

味という微妙なものは、医学でもよくわからないと、いつか対談で多田富雄先生がいわれていたが、そんな高級なことではなく、とりあえず私はその時食べたもののことを書いておきたい。

いくらおいしくても水だけでは我慢できなくなり、突然コロッケがほしくなった。まだ声はよく出なかったが、半分手真似《てまね》でそのことを伝えると、友達の一人が買ってきてくれた。上野黒門町の「ぽん多」のコロッケだ。喉から手が出るというたとえがあるが、私は胃から直接手が出るような思いでかぶりついた。ふだんは少食なので、「ぽん多」に行ってもいつもコロッケまでは辿《たど》りつけない。こんなおいしいものが世の中にあるのかとほとほと涙もこぼれんばかりだった。

先生は、入院して三日間は危かったが、もう大丈夫だから何を食べても構わないといわれるので、いい気になって翌日はまた「ぽん多」さんのカツレツ、フライ、タンシチューとつづき、さすがにそこでひと休みした。あとは「きよ田」のお寿司、知り合いの板前さんのお弁当、資生堂のオムライス、千疋《せんびき》屋のカツサンドと、少し軽めになったが、これをしも快復期というのかと、植物が毎日育って行くような気配を全身で感じた。それこそ山登りでもテニスでも何でもできる気分だったが、実際にはベッドにつかまって立つことさえ不可能であった。

入院して四、五日たったかと思われる頃看護婦さんに訊《き》いてみると、「何いってるんです、今日で三週間目ですよ」と、カレンダーを見せられてびっくりした。

桜はとうの昔に散り、世間は既に青葉の候であった。約二ヵ月の間、私はお能を舞ってすごしていたのである。私はろくな勉強をしなかったから、お能しか知らないことを恥に思っていたが、今はそうは思わない。能のフィルターを通してみれば、世の中には新しいこと、面白いことがいくらでもある。「狂言綺語《きご》は讃仏乗《さんぶつじよう》の因なり」と、昔の人は凄《すご》いことをいった。

浄の男道

南方熊楠《みなかたくまくす》は今でこそ大変なブームになっているが、小林（秀雄）さんに勧められて、私がはじめて読んだのは四十年ほど前の話で、最初の全集が乾元社《けんげん》から出版された時であった。全集といっても、紙のない頃だから藁半紙《わらばんし》に刷ったようなみすぼらしい本で、作品の全部が集められていたわけではない。

小林さんの読後の感想は、「あんなに記憶がよくて、いつ物を考えるのだろう」といったのが、奇妙に印象に残っている。たしかにその記憶力たるや抜群で、十何ヵ国かの外国語を知っていたと聞くだけでも驚いたが、やたらに知識を並べたてているのがうるさくて、その時はいいかげんにしか読まなかった。

その中でただ一ヵ所、熊楠が愛していた青年と、日高川で別れる場面が何ともいえず美しく、朝霧にまぎれて東と西に消えて行く二人の姿が、「幽玄」とはこういうことをいうのかと、長く私の心に残った。今でも淡彩の絵巻物を見るように鮮明に覚えている。

それは岩田準一という男色の研究家に与えた手紙の一部で、「昭和六年八月二十日午後五時書き始め十一時五十五分了《おわ》り、さっそく差し出す」とある。熊楠は子供の時から「和漢三才図会《ずえ》」や「大和本草綱目」その他、多くの古書を筆写したが、いずれもこまかな字で、手紙でもノート・ブックでも紙いっぱいに書くのが特徴であった。時にはこまかすぎて読めないものもあり、考えるより先に筆が走ってしまったという風に見える。そして、書きはじめると一日でも二日でも止どまるところを知らず、たとえば右の手紙でも、書きはじめたのは八月二十日午後五時であっても、終ったのはその夜ではなく、翌日の十一時五十五分ではなかったか。昼間でなければ「さっそく差し出す」ことはできなかった筈《はず》である。

熊楠という人は、綿密である反面、大ざっぱなところがあり、まとまった論文や評論集は残さなかったが、手紙や座談の中には興味つきせぬものがある。ひと口でいえば彼は稀代《きたい》の「お喋《しゃべ》り」で、そのお喋りの中から独特の思想は生れた。要するに沈思黙考するたちではなく、いつも人間を相手にして、とめどなく流れ出る知識の奥に彼のほんとうの顔がかくされていると、そう私は思っている。

熊楠について書いていると、つい私までお喋りになってしまうが、今までいったことは既に周知の事柄であるから、ここらへんで止めておきたい。

岩田準一あての手紙のはじめの方に、「浄愛（男道）と不浄愛（男色）とは別のものに御座候《そうろう》」とあり、そういう話になるのかと思っていると、また古今東西の知識が邪魔になって、ギリシャやペルシャから中国に至る同性愛の種々相があげられ、どれが浄愛か不浄愛か判然としなくなる。

かと思えば、「去る大正九年、小生ロンドンにむかしありし日の旧知土宜法竜《ときほうりゅう》師高野山の座主《ざす》たり」と突然話は日本の昔へ飛ぶ。その座主からある時弘法大師請来《しょうらい》の大日如来《だいにちにょらい》の大幅を見せられたことがあった。

何ともいわれぬ荘厳《しょうごん》また美麗なものなりし。その大日如来はまず二十四、五歳までの青年の相で、顔色桃紅、これは草堂（画師の川島草堂）咄《はなし》に珊瑚《さんご》末《まつ》を用い彩《いろど》りしものの由《よし》、千年以上のものながら大日如来が活きおるかと思うほどの艶采《えんさい》あり。さて例の髭鬚《ししゅ》など少しもなく、手脚はことのほか長かりし。これは本邦の人に気が付かれぬが、宦者《かんじゃ》の人相を生写しにせしものに候。日本には宦者なきゆえ日本人には分からず候。

この絵から私たちが直ちに連想するのは興福寺の「阿修羅《あしゆら》」像で、ふつうの忿怒《ふんぬ》相とはちがい、紅顔の美少年が眉《まゆ》をひそめて、何かにあこがれる如《ごと》く遠くの方を見つめている。その蜘蛛《くも》のように細くて長い六臂《ろつぴ》の腕も、不自然ではなく、見る人にまつわりつくように色っぽい。天竺《てんじく》の名工問答師の作と伝えるが、そういえば光明《こうみよう》皇后をモデルにしたという法華寺《ほつけじ》の十一面観音も、膝《ひざ》の下までとどくほど手が長い。熊楠さんがいわれるように宦官《かんがん》を模したのかも知れないが、広い意味では宦官にも男女の別はないともいえるのだから、仏像のモデルになったとしても不思議ではない。が、あれほどすべての文化を中国に学びながら、どういうわけか宦官だけは輸入しなかったことを日本人は誇りにしていいと思う。たぶんあまりに不自然で、残酷な風習は、世相に合わなかったためだろう。

中国の宮廷には一時は十万人もの宦官がいたそうで、熊楠先生なら薀蓄《うんちく》をかたむけるところだが、私にはその方面の学問もなく、知識も至って浅薄であるから引用するだけに止どめておく。興味のある方は、三田村泰助著の『宦官』(中公新書)を読んで頂きたい。そこには中国がいかに怖ろしく、とてつもない大国であることと、日本との違いが如実《によじつ》に示されていると思う。

熊楠は中国だけではなく、ペルシャ、印度、ローマなどの例もひいており、同性愛の複雑さを説いているが、「本邦においては『男色細見菊の園』の序か何かに見えしごとく、明和のころすでに芝居役者にすら専門に育て上げられたる若衆形は全滅し、女方が平井権八《ひらいごんぱち》や小姓の吉三をつとめ候。それでは女になってしまって、若衆や小姓の情緒はさっぱり写らず。故《ゆえ》に貴下（岩田準一）などには到底男色小説を書いても浄の男道の片影をも写すことは難かるべしと存じ候」。

歌舞伎の女形も男であるのに、「それでは女になってしまって、若衆や小姓の情緒はさっぱり写らず」といっているのは面白い。このことは単なる女々しい男と、男の精神を持ちながら女のような美貌《びぼう》をそなえた若者とをはっきり区別して考えていたことを示しており、次第に「浄の男道」なるものへ近《ち》づいて行く。

それは「一昨々年十月十八日なりしか」、日高川の吊り橋を渡って熊野の山奥へ木を見に行った帰りに、北塩屋村で下車した。その間に山小屋での寒さとか、山小屋で飼っている猫の話とか、約三頁《ページ》ほどつづくが、やっと本題に入っても話は遅々として進まない。熊楠先生にとってみれば、四十数年前の忘れがたい憶《おも》い出があったからである。

「これより四十四年前（今年只今より四十六年前）」と話は再び昔に溯《さかのぼ》る。熊楠は東京にいて、ふらふら病にかかり、和歌山へ帰って、父の生家のある日高郡に滞在していた。日高郡の北塩屋には羽山家という旧家があって、長男を繁太郎《しげたろう》、次男を蕃次郎《はんじろう》と呼ぶ心友がいた。「筑波山は山しげ山繁けれど、思ひ入るにはさはらざりけり」という歌により、「苗字《みょうじ》のは山に因《ちな》みて付けたる名と察す」こんなところにも半畳を入れなくては気がすまぬ熊楠であったが、このような饒舌《じょうぜつ》こそ彼の文章にとっては欠くことのできぬ条件で、これなくしては先へ進まぬ一種のエネルギィにもたとえられよう。思うに彼は大変さびしがり屋の孤独な人間で、聞く相手さえあればいつまでも喋りつづけていたかったに違いない。

さて、この塩屋には、熊野の王子の一つ「塩屋王子」があり、俗に「美人王子」と呼ばれていた。それかあらぬか羽山家には五人の息子がいたが、とりわけ長男と次男は「属魂《ぞっこん》の美人」で、その上頭もよかったので、熊楠の心をとらえて離さなかった。日高郡に滞在していたのは、明治十九年の春から夏へかけてで、熊楠二十歳の時のことである。ちょうどその頃家庭内に不愉快なことがつづいたので、九月の終りには渡米することに決心した。その暇乞《いとまご》いのため羽山家に泊っていると、奥さんがにわかに産気づいたというので大騒ぎになった。とても今夜は寝ることはできまいと、二階の窓をあけて海上を見渡すと、折から月が出て松の葉末にかかり、えもいわれぬ景色である。

われは当分この辺の風月を観賞するも今夜限りなり。知らぬ他国に之《ゆ》き、いくそばくその面白い目つらき目にあうて、いかに変化して何の日か帰国し、またこの風月を見得ることぞと感愴《かんそう》して、覚えず明くる朝の四時となる。

その時家内がまた騒がしくなり、耳をすましていると、今度はじめて女の子が生れたというので、いよいよこうしていては迷惑になると思い、朝霧の中を長男の繁太郎とともに出立した。

かの長男日高河畔（清姫が衣をぬぎ柳の枝にかけて蛇となり、川を游《およ》ぎにかかりしという天田《あまだ》という地）まで送り来る。いわゆる君を送る千里なるもついに一別すで、この上送るに及ばずと制して幾度も相顧みて、おのおの影の見えぬまで幾度も立ち止まりて終《つい》に別れ了りし。

南方熊楠（右）と羽山蕃次郎（写真・八坂書房）

私の記憶に残ったのはおそらくこの部分だが、いくら探してみても昔思ったほどの感動は得られなかった。思い出は美しいというが、私はこの場面を何度も反芻《はんすう》している間に、松の葉がくれの月と日高川の景色がいっしょになって、「幽玄」な情景を勝手に造りあげてしまったに違いない。

それもまんざら嘘《うそ》ではないと思うのは、熊楠は珍らしく自分の思いのたけを歌っているからだろう。その思いが読むものに通じて、長い年月の間に世にも美しい風景に育って行ったのだと思う。清姫でさえここではひと役買っており、その後何度となく私は日高川を渡る度に、熊楠と羽山兄弟の浄愛を想ってみずにはいられなかった。

それから話は外国へ飛び、十四年以上経《た》った後、英国から帰朝してみると、熊楠の両親は既に亡《な》く、羽山家の長男も次男も他界していた。財産まで弟にとられて無一物になった彼は、仕方なしに浴衣《ゆかた》に縄の帯をして、山野を跋渉《ばっしょう》し、顕微鏡と色鉛筆と紙だけを身代に那智《なち》周辺の植物の研究に没頭した。明治三十三年（三十四歳）から三十七年へかけてで、生活は苦しくても学問的には充実した一時期であった。そして、三十九年、四十歳の時はじめて結婚したのである。

余談になるが、いつか私はその時のことを熊楠の親類に当る老婦人から聞いたことがある。その老婦人も田辺の真砂《まなご》家の出で、清姫の遠孫に当るとうかがった。能の「道成寺《どうじようじ》」にも、真砂の庄司として出てくる旧家であり、その屋敷跡は今でも富田川のほとりに遺《のこ》っている。

熊楠夫人は田辺・闘鶏神社の神主の令嬢で、恋愛というのではないが熊楠の眼鏡にかない、いざ求婚という時には素っ裸かで抜刀し、神社に駆けこんで有無をいわせず、「松枝さんを下さい」と叫んだというから凄《すさ》まじい。もっとも彼は伝説の多い人だったから話半分に聞いておいていいのかも知れないが。

さて、話を元に戻して「外国にあった日も熊野におった夜も、かの死に失せたる二人のことを片時忘れず、自分の亡父母とこの二人の姿が昼も夜も身を離れず見える」と書いているのは全面的に信じていいと思う。彼らは何もいわなかったが、以心伝心でいろいろのことを暗示した。教えられたところへ行ってみると、そのとおりの植物を発見するといった工合で、それを頼みに五、六年の間、幽邃《ゆうすい》きわまる山谷の中で暮すことができたのであった。

先の老婦人もいわれていたが、「和歌山の強烈な日光と、台風の物凄《ものすご》さの中で育った人は、誰でも少しおかしくなる」そうで、私なども度々熊野をおとずれている間に、目くるめくような太陽と、極端に暗く深い山岳のあわいに、チミモウリョウの蠢《うごめ》く気配を感じずにはいられなかった。そして、心は古代の神秘の中に否応《いやおう》なしにひきずりこまれるのをどうしようもなかった。熊楠は、そのような伝統をモロに受けついだ人物で、彼にとってはこの世もあの世も、昔も今も、人間も自然も、いわば自分自身の体の中にあり、時空を超えたところに生きていた。時に文章が乱れたり、昔の話が今の経験のように聞えたりすることも、彼にとっては至極当然のことだった。

たとえば「浄の男道」といってみたところで、それについてまともに語ることはなく、万感のおもいをこめて、かの念友の繁太郎と日高川原で別れた時のことしか書いていないのだが、私たちの想像を掻《か》きたてるには充分すぎる程の情緒にあふれている。彼ら二人の兄弟とは、おそらく肉体関係はなかったために、死んだあとまでも忘れることができず、生前と同じように、あるいはそれ以上に、夢の中では濃密に付合うことができたのではなかろうか。

稲垣足穂《いながきたるほ》などは、南方翁《おう》は武家関係のことはくわしいが、たとえば室町時代の神韻《しんいん》縹渺《ひょうびょう》とした衆道月光界については関心がないようだ。まして江戸時代の下がかった陰間《かげま》やおかまなどには興味がなかった。つまりは高踏的にすぎるという不満を洩《も》らしているが、ほかのところでは熊楠もずい分きわどいことを微に入り細を穿《うが》って説明しており、けっして興味がなかったわけではない。ただそれらさまざまの衆道的知識と体験の中から、「浄の男道」という思想に達したのは、その方面の知識のみに終始した稲垣足穂、岩田準一などの及びもつかぬ発見といえよう。神韻縹渺たる月光界についても理解が深かったことは、繁太郎との別れの場面を読んだだけでもよく判《わか》るのである。極端なたとえではあるけれども、熊楠の称《たた》えた「浄の男道」とは、中世の英国の騎士《ナイト》たちが、主君の夫人や姫君を、理想の女性に見立てて渇仰《かつごう》した風習によく似ていると思う。

粘菌について

南方熊楠が称《たた》えた「浄の男道」とは、前章で述べた羽山繁太郎《しげたろう》・蕃次郎《はんじろう》兄弟との現世における情愛に終始するものではなかった。彼らは夢の中で冥界《めいかい》から毎夜のように姿を現わし、無言のうちにさまざまのことを語りかけるのであった。

それは同じ紀州の国に生れた明恵上人《みようえしようにん》の夢と本質的な相違はなかったように思う。ただ、明恵は鎌倉時代の仏教の高僧であり、その夢にははっきりした目標があった。いうまでもなくそれは徹頭徹尾彼の信仰に根ざしたもので、夢を見る度に仏たちや弘法大師、その他の経文などから教えられることが多かった。十九歳の時から約四十年もの間、明恵はその夢をくわしく記述し、これを「夢の記」と名づけて大部分が今に遺《のこ》っている。弟子が記した伝記も貴重な史料ではあるが、それ以上に私たちは「夢の記」によって明恵の肉声にふれるおもいがする。河合隼雄《はやお》先生に、『明恵　夢を生きる』という名著があるのはよく知られているが、正に彼は彼の夢を現実に生きたのであって、この世で師とするに足る人物にめぐり会えなかった明恵は、自からの生きかたを夢に学んだといっても過言ではないと思う。

それはあきらかに明恵自身の発見であり、立場はちがっても熊楠の生物学にも通ずるところがあったのではないか。このことは紀州の風土、特に密教と深く関わっているように思うが、あくまでもそれは私の恣意《しい》的な想像にすぎない。が、熊楠の書簡を読むと、「浄愛」とはけっして生きている人間だけに関するものではなく、その一家全体に及ぶ愛惜の歴史と呼んでもさし支えないように思われる。それ以上に、世の中のありとあらゆるものは、因果関係によって結びついており、時間・空間を超越して、熊楠のものの見方に浸透していたのではあるまいか。

「かの兄弟（羽山繁太郎と蕃次郎）の母は多くの子供を死なせ喪《うしの》うた後も第四男と共に生存し、一度小生（熊楠）を見て何故《なにゆえ》かかる禍難が至りしかを尋ねたしなどいいおりし由《よし》なるも、」ちょうどそのころ熊楠は田辺へ来ていたのに、雑事にかまけてしばらく羽山家を訪れなかった。

その間に彼らの母親も亡くなったと聞き、無音《ぶいん》にうちすぎたが、ある日ふとした機会に彼ら兄弟の妹と出会うことになる。熊楠が米国へ出発するその朝《あした》、日高川の河岸で、繁太郎と永遠《とわ》の別れを惜んだ際、羽山家ではじめて生れたという女の子である。

それから四十四年もたってみれば、その子も数えの四十五歳になっており、山田家という旧家の主婦におさまっていた。

先立つものは涙とはよく言ったもので、その主婦、言を発せず家内へ案内し、昨夜氷雪で踏み固まった針金入りの(熊楠の)草履をぬがせ、これは一代祠《まつ》っておくべしとて取り片付くる。

その家は「紀伊国続風土記」にも出て来る庄屋であり、主人も教養のある人物で、この辺切っての檀那《だんな》衆の一人であった。

そこでまたしても話は二十二年前に溯《さかのぼ》る。日本第一の道教の研究者に妻木直良師という人物がおり、熊楠が「粘菌」を顕微鏡でしらべているところへ現れた。それを示して熊楠はこんな風にいう。

『涅槃経《ねはんぎょう》』に、この陰滅する時かの陰続いて生ず、灯生じて暗滅し、灯滅して闇《やみ》生ずるがごとし、とあり、そのごとく有罪の人が死に瀕《ひん》しおると地獄には地獄の衆生が一人生まるると期待する。その人また気力をとり戻すと、地獄の方では今生まれかかった地獄の子が難産で流死しそうだとわめく。いよいよその人死して眷属《けんぞく》の人々が哭《な》き出すと、地獄ではまず無事で生まれたといきまく。

ここから唐突として「粘菌」の話に跳びうつるので、読者は戸惑ってしまう。私みたいなずぶの素人《しろうと》が粘菌について説明するのはおこがましいが、せめてそのアウトラインだけでも述べておかないと、熊楠の真意を知ることはできない。

まことに大ざっぱではあるが、粘菌とは動物にも植物にも属さない実に不思議な生きものであるということだ。はじめはアメーバのように、倒木や落葉の下でカビやバクテリアのようなものを食べて生きている。ねばねばした液体状の形なきものでありながら、多くの核を有しており、湿った土の上を網目のように這《は》いずりながら成長して行く。

この状態を熊楠は「原形体」と呼んでいるが、ある日、突如として目覚め、「日光、日熱、湿気、風等の諸因縁に左右されて」その原形体の分子どもが、茎となり、胞子となり、或いは胞壁となって地上にあらわれる。それらをつなぎ合せている糸状のものが、日光や風のために乾いて折れる時、胞子が散乱して土に定着し、別の原形体となって蕃殖《はんしょく》しはじめるのである。

それはよく晴れた日の午後から夜にかけて短時間のうちに行われる極めてドラマティックな見ものである。人はさまざまの色の茸《きのこ》の形をしたものを見て、「それ、粘菌が生えたぞ」と喜ぶが、それらは既に粘菌が死物と化したもので、ただ胞子を飛ばすための風を待っているにすぎない。

そういうとさも珍しい生きもののように思われるが、その気になって探せば森の倒木や落葉の中で容易に見出《みいだ》すことのできるありふれた生物で、熊楠は一九六種の粘菌の目録を製作したという。

もっとも興味があるのは原形体が変身して、茎や胞壁、胞子を作りはじめた時に、大風や大雨に会うと、忽《たちま》ち元のねばねばした原形に戻り、木の下や葉の裏にかくれて、天気がよくなると再び起き上って胞嚢《ほうのう》を作ることである。前にもいったように原形体は盛んに這いまわって物を食べ歩くが、茎や胞子その他ができ上った後は少しも活動しない。ただ好い機会が来るのを待って飛散しようと身構えているだけだ。それはもう生きているとはいいがたい。人は死物を見て活物と思い、茸の形に固まろうとした原形体が、またお流れになって液体状のものに還元する時、粘菌が死んだというが、実は生き返って活動しはじめたことになる。したがって、外観上の死と生は、粘菌の場合正反対のものなのである。

「今もニューギニア等の土蕃《どばん》は死を哀れむべきこととせず、人間が卑下の現世を脱して微妙高尚の未来世に生するの一段階に過ぎずとするも、むやみに笑うべきでない」と熊楠はつけ加えている。

たいへんまずい説明であるが、なぜ「涅槃経」から突然「粘菌」の話に移るのか、大体のところはお解《わか》り頂けたと思う。熊楠は突然飛躍したわけではなく、涅槃経の説話と、粘菌の生態を、まったく同じものと見ていたからである。更にいえば、それを自分自身のこととして生きていた事実を示している。

ある人が、なぜ粘菌などに興味をもったのか尋ねると、「輪廻《りんね》」そのものを現しているからだと彼は答えたという。

しかるに、今の学問は粘菌と人間とは全く同じからずということばかり論究序述して教えるから、その専門家の外には少しも世益なきなり。仏人ヴェルノアいわく、学識が世益に遠きもののみならんには世人は学識を念頭に置かざるはずだ、と。これをもって後庭を掘らせつづけて辛抱すれば、往々淫汁《いんじゅう》ごとき流動体を直腸内に生じて多少の快味を生ずることもなきに限らずなど、迂遠《うえん》に無用のことを述ぶるよりも、水戸義公の政治は女を御するごとくすべし、小姓を御するごとくするなかれ、甲はすなわち上下共に喜悦し、乙は上のみ悦《よろこ》んで下は苦しむと一概にいいし方がよき教訓で世間を大益する。……

粘菌の話は一応ここでオチになるが、近頃は科学が日常の生活に近づいて、専門的なことをわかりやすく説明されるようになったのは喜ばしいことである。

さてその夜熊楠は山田家で久々に牛肉を食べ、山田夫妻とともに夜中まで談笑した。妻の信恵がいうには、熊楠先生は、自分が生れて一時間も経《た》たぬうちに別れて米国へ行き、その後帰朝したと聞いたが、どんな人だかぜんぜんわからず、今回幸いにもお目にかかることができたのは、亡《な》き父母の引合せと喜ぶ。また、自分が三つの時に死んだから写真でしか見たことのない長兄と、十歳の時に死んだ次兄とが、先生のかたわらに座っているように見えるといっては泣く。

翌一月七日（昭和四年）には、その妻の妹も子供たちを連れて来て、大賑《おおにぎ》わいであった。彼らとともに思い出深い羽山家もおとずれた。四十四年前に、お産の騒ぎで寝られなかったため、海と月と松を眺めあかした二階の窓も昔のままである。

かくまでもかはり果てたる世にわれを
松風のねのたえぬ嬉《うれ》しさ

松風の音にさえ輪廻を想《おも》う熊楠であった。一同は美人王子にも詣《もう》でたが、こんな田舎にも文化の波は押しよせて、昔あった神林を伐《き》りつくし、「牡丹桜《ぼたんざくら》とかコスモスとか花屋敷的のものを植えたは、松風村雨の塩汲《しおく》み姿の代りに海水浴装の女を立たせたようであまり面白からず」と嘆いている。

この朝海辺には霧が立って、社のあたりの眺望をさえぎったので、四十四年前、繁太郎と別れた時のことを思い出して、また一首。

忘るなよとばかり言ひて別れてし
その朝霧のけさぞ身にしむ

同じ年の六月一日には、昭和天皇が南紀へ行幸になった。生物学者の天皇は、南方熊楠の業績をよく知っていられたから、特に御進講を命ぜられ、熊楠はありがたくお受けしたのであった。それも身命を賭《と》して伐採から救った田辺湾の神島《かしま》においてで、今でもその島は緑濃き森林におおわれ、珍しい植物や菌類を見出すことができるという。昭和天皇との出会いは、熊楠にとっては特別感銘の深い「事件」であったに相違ない。

御進講に至るまでにはさまざまの面倒ないきさつがあったが、それは省く。一つだけ書いておきたいのは、この時熊楠は羽山兄弟の妹の山田信恵に、自分はごらんのとおりの放埒《ほうらつ》無頼の野人である、もし失敗があってはならないから、二人の兄にかわって一心に祈念してくれ、と頼んだところ、信恵は遠慮しながらも喜んで引受け、御進講が終るまで妹と二人で浜べに立ち、一心不乱にお経を唱えて祈りつづけたという。御召艦が碇泊《ていはく》した沖合いは、昔、繁太郎とともに鉛山《かなやま》温泉へ渡ったちょうどそのあたりであったということも、熊楠には偶然の一致とは考えられなかったであろう。

御進講の当日には、かつてアメリカで知人から貰《もら》った羊羹色《ようかんいろ》のフロックコートを着用し、その横に松枝夫人が拝領の菓子折をささげている写真が残っているが、無位無官の一学徒が天皇に召されたことの緊張感が周囲にただよっているように見える。

だが、熊楠はただの皇室崇拝者だったわけではない。献上するために持参した粘菌の標本は、あり合せのキャラメルの箱に入っていたし、御進講が終ったあとでは、

「ねえ、あんた」と、天皇の肩をぽんと叩《たた》いたという逸話も残っている（南方熊楠展カタログより――鶴見和子）。後者はもしかすると伝説かも知れないが、そんな風に見えたのは事実だろう。熊楠は心の底からうれしかったのだ。それ以上に昭和天皇も、一生のうちでそう度々はなかった筈《はず》のほんとうの悦びを味合われたに違いない。粘菌というあまり人に知られていない生物を媒介に、二人の学徒の相似た魂は真実の友情によって堅く結ばれたのである。

その時に詠《よ》んだ熊楠の歌。

一枝も心して吹け沖つ風
わがすめろぎのめでまし森ぞ

また、熊楠が亡くなった後、約二十年を経て、天皇は白浜に行幸され、ホテルの屋上から神島を遠望された時の御製もあげておきたい。

雨にけぶる神島を見て紀伊の国の
生みし南方熊楠を思ふ

中世の花

南方熊楠には、「てんぎゃん」という綽名《あだな》があり、当人は気に入っていたらしい。「てんぎゃん」とは紀州の方言で天狗《てんぐ》のことをいい、眼光鋭く、鼻が特別高かった彼は、見たとこも天狗に似ていただけでなく、その超人的な仕事ぶりと奇行に満ちた山中での生活は、正に天狗と呼ばれるにふさわしい人物であった。

晩年にはさすがに「てんぎゃん」も優しくなり、近所の少年たちを可愛《かわい》がって、いっしょに写真を撮ったりしている。一人息子の熊弥が脳を患《わずら》って癈人《はいじん》になったので、その悲しみを癒《いや》すためもあったかと想像するが、少年たちを優しく抱擁《ほうよう》している熊楠は、慈《いつく》しみの表情にあふれており、あらぬ方を見つめている両眼には、そういう風にして愛することの叶《かな》わぬ吾《わ》が子への深い悔恨の情がにじみ出ているような気がしてならない。

その写真を眺めていると、私はお能の「鞍馬《くらま》天狗」を思い出す。

鞍馬の奥、僧正が谷に年を経た大天狗は、今日は一山の稚児《ちご》たちが花見にくり出すというので、山伏に化けて見物に出かけて来る。

そこへ大勢の稚児が登場する。だいたい初舞台は、「鞍馬」の子方《こかた》というのが常識になっているので、ヨチヨチ歩きの三、四歳から十歳前後の子供たちが、橋掛《はしがかり》にずらっと居並ぶ光景は見ものである。それは一座に子方を大勢抱えていることを誇示するとともに、お披露《ひろめ》の意味もかねていたに違いない。

一同が酒宴を開いてたのしんでいるさ中に、むくつけき山伏が現れたので、いたく興をそがれた彼らは、早々にして(切戸口から)退散してしまう。その中で沙那王《しやなおう》と呼ばれた牛若丸だけは居残って、山伏を慰め、二人の間に淡い恋心が芽ばえる。

御物笑ひの種蒔《ま》くや、言の葉しげき恋草の、老をなへだてそ垣穂の梅、さてこそ花の情なれ。花に三春《さんしゆん》の約あり、人にひと夜を馴《な》れそめて、のちいかならん打ちつけに、心空なる楢柴《ならしば》の、馴れはまさらで、恋のまさらん悔やしさよ。

多くの稚児と離れて一人残った沙那王にその理由をたずねると、彼らはみな今をときめく平家の公達《きんだち》である。自分は源氏の子であるからいつも孤独で、月にも花にも見捨てられていると聞き、山伏は不憫《ふびん》に思い、天狗の本性《ほんしょう》を現して、愛宕《あたご》・高雄、吉野・初瀬など、花の名所をくまなく案内してみせる。

不審に思った沙那王が訊《き》いてみると、源氏の御曹子《おんぞうし》に平家を討つための兵法《ひょうほう》を授けんと、山伏の姿になって現れた。明日は必ずお目にかかろうと約束し、大僧正が谷の雲をわけ、みるみるうちにどこかへ飛んで行ってしまった。

翌日、沙那王が具足を改めて待っているところへ、お供の天狗を引連れて、大天狗が現れた。先《ま》ず筑紫《つくし》には「彦山《ひこさん》の豊前《ぶぜん》坊、四州には白峯《はくふう》の相模《さがみ》坊、大山《だいせん》の伯耆《はうき》坊、飯綱《づな》の三郎富士太郎、大峯《おほみね》の前鬼《ぜんき》が一党、葛城《かづらき》高間、よそまでもあるまじ、辺土においては比良、横川《よかは》、如意《によい》が岳、我慢高雄の峯に住んで、人の為には愛宕《あたご》山、霞《かすみ》とたなびき雲となつて、月は鞍馬の僧正が、谷に充《み》ち満ち峯を動かし、嵐《あらし》木枯滝の音、天狗倒しはおびたたしや」

といったって、日本中の天狗の首領が全部出て来るわけではない、僧正が谷の大天狗一人きりで、それらすべての天狗の勢と力を表現して見せるのである。

そうして沙那王に兵法を伝授し、帰ろうとすると袖《そで》にすがって引きとめる。そういうわずかな仕草にも作者は「花」をそえることを忘れない。年老いた大天狗と、美しい少年というコンビは、お能にはなくてはならぬ存在で、天狗の中には常に山伏の姿が二重写しになっていた。というより、当時の人々には、天狗即山伏であったと解していい。

「鞍馬天狗」の出典も作者もさだかではない。が、世阿弥《ぜあみ》の作にしては大ざっぱで、それにも拘《かか》わらず男色の優雅な風情《ふぜい》に所々でふれていることに気がつく。はじめに大勢の稚児を登場させることと、最後には沙那王だけにしぼって、神韻縹渺《しんいんひょうびょう》たる衆道《しゅどう》の世界を暗示することが、現実的な兵法伝授より重要であったのは指摘するまでもないことだ。もっとも室町時代頃までは、文武両道というのが衆道の条件で、このことは老いと若さ、柔と剛、男と女、光と影の中間を行くきわどい一瞬のひらめきにもたとえられよう。そういう意味では「鞍馬天狗」の能は一般にもわかりやすく、傑作とはいえないにしても、大衆的な人気を保ちつづけた所以《ゆえん》だと思う。

世に「判官びいき」といわれるように、不幸な一生を終えた義経《よしつね》（もしくは牛若丸）は、日本人にとっては永遠のヒーローであった。「烏帽子折《えぼしおり》」や「橋弁慶」は、牛若丸だから子方であるのは当然だが、れっきとした源氏の大将であるべき筈《はず》の九郎判官義経にも、「安宅《あたか》」や「船弁慶」などでは子方を用いる。歌舞伎《かぶき》の「勧進帳」で義経が女形であるのと同じ心で、義経そのものより、義経の内面にピントを合せるのが能のリアリズムであった。

　したがって私などは、能における子方はシテについで、――というよりも、時にはシテ以上に重要な存在ではなかったかとひそかに思っている。それにも拘わらず、男色については専門家ともいうべき岩田準一さえ、男色に関する能は十数曲しかないと記している。私ははっきり数えたことはないけれども、子方もしくはそれに準ずる若者の能は十数曲どころか無数にあり、中でも「修羅物《しゅらもの》」の平家の公達をシテとするものは、たとえば「経正《つねまさ》」には仁和寺《にんなじ》の法親王が、「敦盛《あつもり》」と「生田《いくた》敦盛」には熊谷直実《くまがいなおざね》の姿が、見えつかくれつする。またたとえば「木賊《とくさ》」の能は、老人がシテであるが、別れた吾が子恋しさのあまり、子方の装束をつけて舞うなど例をあげたらきりはない。そもそも男が女に扮《ふん》して恋慕の舞を舞うなんてそのものズバリではないか。江戸時代になると、西鶴その他がかげまや若衆の美しさを伝えているが、室町時代までは少年の美をあからさまに謳《うた》ったものは至って少い。

　さいわいここに福田秀一氏によって「芸能史研究」十号に紹介された関白太政大臣《だいじょうだいじん》二条良基《よしもと》の消息がある。世阿弥の少年時代のこの世のものならぬ幽玄美を語ったもので、前にも私は書いたことがあるが、その時は断片的にひいただけなので、少し長いけれどもこの度は全文をあげることにした。二条良基から東大寺尊勝院へあてた私書で、鬼夜叉《おにやしゃ》と称した世阿弥は、この時良基から藤原の一字を賜わり、以後「藤若」と名のるようになる。少々わかりにくい箇所もあるが、良基の心酔ぶりと、世阿弥の少年時代の美貌《びぼう》と利発さを語ってあますところがない。

自二条殿被遣尊勝院御消息詞

藤若ひま候《そうら》は、、いま一と同道せられ候へく候、一日はうるはしく、心そらなる様になりて候し、わか芸能は中〱申におよはす、鞠連哥《まりれんが》なとさえ堪能《たんのう》には、たゝ物にあらす、なによりも又、かほたちふり風情ほけ〱（惚《ほ》れ惚《ぼ》れ）として、しかもけなわけ（健気《けなげ》）に候、かかる名童候へしともおほえす候、源氏物語に、むらさきのうへのことをかきて候にも、まゆのあたりけふりたる（煙たる）と申たるは、ほけてゆふのある（ぼんやりとゆらゆらした）かたちにて候、おなし人を、ものにたとへ候に、春のあけほの、霞《かすみ》のまゝに、梨《なし》かはさくらのさきこほれたると申たるも、ほけやかに（放心状態で）、しかも花のあるかたちにて候、哥《うた》も連哥も、よきと申は、かゝりおもしろく、幽玄なるを上品《じょうぼん》にはして候なり、此《この》児《ちご》の舞の、手つかひ足ふみ袖《そで》かへし、とさまことに、二月はかりの柳の風になひきたるよりもなをたおやかに、秋の七草の花はかりゆふ露にしほれたるにもまさりてこそ候らめと見えて候、昔唐の玄宗の、沈《じん》（じん香）にて家をつくられて、二三里の中は匂《にお》ひ候けるとかや、これを沈香亭と号して、此所《ここ》にて、楊貴妃《ようきひ》の牡丹《ぼたん》の花をもてあそひて、霓裳羽衣《げいしょううい》の曲と申は、玄宗（皇帝）の月の都へ入て、玉の笛にてうつされたる天人の舞をまひて、袖をかへして、李白《りはく》といふ詩作り、面白き哥ともをつくりてうたはせ候けるも、いまの心地しておほえ候なり、光源氏の花の宴に、春の鶯囀《しゅん（ママ）のうでん》といふかく（楽）を、花のかけにてまはれて候しゆふはへのほとも、かくこそと覚候し、将軍さま（義満）賞翫《しょうがん》せられ候も、ことはりとこそおほえ候へ、得かたきは時なりとて、かやうの物の上手も、おりを得候こと、かたき事にて候に、あひにあひて候事、ふしきにおほえて候、天馬も伯楽にあはされは、あしならふなし、卞和《べんか》玉三代をへてこそ、宝物にもなりて候し、しる人のなき時は、正躰《しょうたい》なき事にて候、かゝるときにあひ候しも、たゝものならすおほえ候、相構〳〵、此間に同道候へく候、むもれ木になりはて候身の、いつくにか心の花ものこりてんと、我なからおほえて候、此状やかて火中に入候へく候なり

卯月《うづき》十七日

尊勝院へ

鬼夜叉《おにやしゃ》という名前

南北朝から室町期へかけては、いわゆる下剋上《げこくじょう》の時代であった。朝廷が衰微して武家が勢力を得るに至り、その大きなうねりに乗じて民衆の芸能も急激に発展した。二条良基《よしもと》が、どこの馬の骨ともわからぬ藤若をかくまで賞玩《しょうがん》し、「かやうの物の上手も、おりを得候こと、かたき事にて候に、あひにあひて候事、ふしきにおほえて候」と感嘆したのも、現代人には想像もつかぬ程あり得べからざることと思われたに違いない。

世阿弥《ぜあみ》の出生についてはあまりくわしくわかってはいない。わかっているのは藤若以前に「鬼夜叉《おにやしゃ》」と呼ばれたこと、貞治二年（一三六三）の生れで、父観阿弥は伊賀の服部氏の出であること。「申楽談儀《さるがく》」には、観阿弥が、伊賀の小波多《おばた》ではじめて座を建てたと述べていることなどである。

それとは別に、学者にはまったく無視されているが、伊賀上野には上嶋家という旧家があり、「観世福田系図」というものが保存されている。それによると、観阿弥の母親は、河内《かわち》の土豪、楠《くすのき》正遠の女《むすめ》とあり、もしそれがほんとうなら楠氏とはきわめて近い血縁関係になる。

この系図が発見されたのは昭和三十年代で、私は偶然のことからまったく別の所で耳にしたのであったが、学界から発表される以前に伊賀上野の上嶋家において拝見する機会を得た。詳細については省くが、おそらく徳川時代の模《うつ》しであろう、殆《ほと》んど「系図」の形体をなしていない半紙に書いたもので、私のような素人《しろうと》には真偽のほどはもちろんわからなかった。が、もし贋物《にせもの》ならもっと大げさな巻物か何かにしたであろうし、却《かえ》って覚書のような粗末なものであったところに、信用がおけるような感じがした。楠氏と縁組をしたというのも、当時としては珍しいことではなく、観阿弥が南朝系であることを世間に秘していた事実や、世阿弥の子息元雅《もとまさ》が、伊勢の北畠《きたばたけ》氏の木造殿で、足利《あしかが》方の斯波兵衛三郎なるものに殺害されたことなども、「花伝書」ではただ急死したとしか語っていないので、その死因については内緒にしておかねばならぬ理由があったのかもしれない。

花伝書の中には、世阿弥が「秦《はた》元清」と署名した部分がある。昔から学界では問題になっていたようだが、今も述べたように「服部氏」の出であったとすれば、ルーツは遠く帰化人の秦氏にまで溯《さかのぼ》ることができる。後に観阿弥が本拠とした結崎《ゆうざき》には、クレハトリ・アヤハトリを祭神とする糸井神社があり、近くには秦氏を祀《まつ》った古社もあるといった工合で、帰化人の子孫であることは疑いもない。

結崎は大和国中《くんなか》の川が集って、大和川に合流する地点で、川向うの高台には竜田神社が、大和川のこちら側の低地には広瀬神社が建ち、いかにも河原者が集っていそうな湿地帯である。当時の芸能人の多くは散所《さんじょ》の出で、「乞食《こつじき》」とさげすまれたことは、例の「後愚昧記《ごぐまいき》」の記事によってよく知られている。

煩《はん》をいとわず記しておくと、筆者の三条公忠《きんただ》は、将軍義満《よしみつ》が当時十二歳であった藤若を、能の桟敷《さじき》に侍《はべ》らせて見物するのみか、諸大名が将軍の機嫌をとるために、藤若に巨万の贈り物をしたことを真向から攻撃したのである。一方では天下一の人々に愛され、片方では落目になった公家《くげ》や同業のものにもにくまれたに違いない少年が、どんな悲しみを味わったことか。美貌《びぼう》というものが少しも当てにはならないことを、早くに知ってしまったに違いない。

先《ま》づ童形《どうぎやう》なれば、何としたるも幽玄なり。……さりながら、この花はまことの花にはあらず。(風姿花伝—年来稽古条々)

これは世阿弥が少年時代を回想して書いたものであるが、既にその頃花の命のはかなさを体験していなかったならば、後になってこのような言葉ではっきり表現することは不可能だったであろう。知っていて利用することと、知らないで済んでしまうこととの間には大きな違いがある。現代でも十二、三歳から十五、六歳までの思春期の間は、自殺が多いのを見ても大事な時期であることがわかるが、ことに男の子の場合は、肉体的にも精神的にも、ショッキングな出来事が多かったはずである。利発な少年藤若は、内外からふりかかる毀誉褒貶《きよほうへん》をたくみにかわしつつ、ここを先途と歯をくいしばって、耐えていたのだと思う。

彼が藤若以前に「鬼夜叉」と名のったことについて私はある種のこだわりを持っている。近江《おうみ》猿楽の「幽玄」を自分の芸の中にとり入れたのは世阿弥が大人になってからで、大和猿楽の特徴は、最初は「鬼」の物真似《ものまね》にあった。したがってその頭領の子が「鬼夜叉」と呼ばれたのはきわめて自然なことであったろう。もしかすると、代々受けつがれた幼名だったかも知れない。

伊賀というところは四方を山でかこまれた籠国《こもりく》で、隣国の近江、大和、伊勢などとはまるで感じが違う。観阿弥がはじめて座を建てたという小波多（現在は小波田）にしても、伊賀上野から名張へ向う途中の少し開けた山中の盆地で、昔私が訪れた頃は、たしか「御能本《おのもと》」とか「田楽田《でんがく》」と称する田圃《たんぼ》と、忍者屋敷が残っている程度の寒村であった。現在は「観世発祥の地」とかで観光に力を入れているらしいが、はたしてどれ程開発されているかどうか。せいぜい大阪へのベッドタウンとして細々と生命を保っているのではあるまいか。

今は忍者もブームになっているが、当時はそれ程一般に知られてはいず、「へえ、これが忍者屋敷?」と私が珍しがると、案内をして下さった方が、あまり大きな声で「忍者」とはいわんといて下さいと、たしなめられたのを奇異に感じたことを思い出す。忍者の故郷では、今でも彼らは常民とはちがう人種と考えられているらしい。

忍者の歴史は古く聖徳太子の時代に溯る。孫子の兵法の一部を日本的に解釈したもので、最初の頃は志能便《しのび》といった。おそらくこの地方の秦一族(服部氏)によって伝えられたのであろう。それが急激に発達したのは南北朝頃で、戦国時代から徳川初期へかけて全国へ普及したのは周知の事実である。それには密教と山岳信仰の影響もあった。山岳信仰から出た修験道と忍術は特に密接な関係にあり、奥瀬平七郎氏の研究によると、楠一族なども忍者のうちに入るという。たしかに彼らのゲリラ的な奇襲戦法は忍者的ではあるけれども、はっきり断定することはできないと思う。が、広義にはやはり忍者のうちに入るかも知れない。そのうちの一人が猿楽者と縁組をしたとすれば、忍者ではなくても忍者に近い存在であったということはできよう。なぜなら忍術の中には武芸だけではなく、軽業、飛行術、傀儡《くぐつ》、力技、奇術などと並んで「猿楽」も入っていたからだ。

当時の彼らの生活は知る由《よし》もないが、公《おおや》けの場では認められない修験道の山伏や野臥《のぶし》などとともに、山の奥に住み、祭りの場合などに里に降りて来て、得意の芸をもって民衆を楽しませていたに違いない。能の「翁《おきな》」の発生もそういうところにあったと思う。小波田に今も残る田楽田の名が示すように、田植の際に田楽や猿楽を業とするものは山から出てきて豊年を祈る舞を舞い、折口信夫《おりくちしのぶ》のいう「まれびと」として再び山へ帰って行く。そういう人々は常人とはまったく違う人種で、時には神と崇《あが》められたり、鬼と見られたり、人間の「影」の存在として何百年も逼塞《ひっそく》していたのではなかろうか。

山は霊魂の住処《すみか》で、神秘的なところである反面、鬼が跳梁《ちょうりょう》する怖《おそろ》しい場所であったことは、私たちの心のどこかに祖先の記憶となって遺《のこ》っている。修験道の役《えん》の行者《ぎょうじゃ》には、前鬼・後鬼という家来がいたし、鈴鹿《すずか》山の「千方《ちかた》」と名づける鬼（実は盗賊）にも、風鬼、金鬼、水鬼、隠形鬼《おんぎょう》という四人の手下がおり、道往《ゆ》く人々を悩ませただけでなく、太平記では朝廷まで震撼《しんかん》させるほどの勢力を蓄えていたという。のちに千方は謡曲「田村」に脚色され、観音の功力《くりき》によって坂上田村麻呂《さかのうえのたむらまろ》に滅ぼされることになるが、酒呑童子《しゅてん》も、茨木《いばらき》童子も、前鬼・後鬼も、不動明王のコンガラ・セイタカに至るまで、みな「童子」の姿で表徴されているのは面白い。それには親分に対する子分という意味もあったと思うが、「大江山」の能などでは、前シテが美しい童子で、後《のち》シテで鬼の本性を表わすのである。

ここで私がこだわりつづけた「鬼夜叉」という名前の謎《なぞ》も少しはとけたと思うが、現在、「夢幻能」と呼ばれるものが、世阿弥一人の創作のように思われているのはおかしなことである。日本の山は昔から神霊の宿る異界であり、現在能は別としても、能のシテは、神も、鬼も、物狂いも、幽霊も、すべて常人とは異なる世界に住む人々であった。現在能の場合でも、酒に酔うことによって、半ば強制的に此世《このよ》からひき放される。能はすべて夢幻能であるといっても過言ではないと思う。

子方を用いる能は五十数曲に及ぶという。そのほかにも子方に近い若者が登場するものは無数にある。そのうち同性愛をテーマにした曲は「松虫」だけであるが、それとてもあからさまに男の愛情を謳歌《おうか》しているわけではない。

ワキは阿倍野《あべの》のあたりに住む人で、毎夜どこからともなく現れて酒を呑《の》んで帰って行く男がいた。何となく変に感じるので、今日は引きとめて名前を訊《き》こうと思っている。

と、いっているところへその男が群衆にまじって現れた。彼が語るところによれば、昔、この阿倍野の原へ親友と来たところ、松虫の声が面白く聞えたので、その友は虫の音を慕って野原の奥深く入って行った。いつまで経《た》っても帰って来ないので、心配になって尋ねて行くと、彼は草に埋もれて空《むな》しくなっていた。「死なば一所《いっしょ》とこそ契《ちぎ》りしに、こはそもなにといひたることぞとて、泣き悲しめどかひもなき」

そのまま土中に埋もれて、人は知らないと思っていたのに、いつしか巷《ちまた》の噂《うわさ》となり、歌などにも詠《よ》まれるようになったのは悲しい。自分はその男の亡霊である、と告白し、群衆の中にまぎれて去ってしまった。

後シテはその霊魂で、亡《な》き友を待って舞を舞っている間に夜はほのぼのと明けて行き、あとには虫の音ばかりが遺っていたという哀話である。

まことに暗くてとらえどころのない逸話であるが、後シテは、既に冥途《めいど》の住人であるから、二人は一体と化しており、松虫の音はその象徴のようにも想《おも》われる。実際にも、キリの一節は虫の声を主題にしており、謡《うたい》として聞いても面白い。

「面白や、千草にすだく虫の音の、機織る音の、きりはたりちやう、きりはたりちやう、つづりさせてふきりぎりすひぐらし、いろいろの色音の中に、わきてわが偲《しの》ぶ、松虫の声、りんりんりんりんとして、夜の声冥々《めいめい》たり」と虫の音の中で夜は明けて行くのであった。

出典として特に掲げる古歌も物語もなく、市井《しせい》の哀話として一般に知られていたのであろう。ところどころに「わが宿は菊売る市にあらねども四方《よも》の門辺に人騒ぐなり」、「花のもとに帰らんことを忘るるは美景によると作りたり」、「薬ときくの花のもとに帰らんことを忘れ」とか、「夜遊の友になれごろもの、袂《たもと》に受けたる月影の、うつろう花の顔ばせの、盃に向へば、色もなほまさり草。千年《ちとせ》の秋をも限らじや、松虫の音もつきじ。壁生草《いつまでぐさ》のいつまでも、変らぬ友こそは買ひ得たる市の宝なれ」等々、多少色っぽい言葉は使っているが、男の愛情は松虫の音の奥にかくされて、外に現れることはない。「秘すれば花」の思想によるのかも知れない。「りんりん」と聞こえる松虫の声に、当時の人々が、「凜《りん》」という言葉を感じたと思うのは深読みにすぎるであろうか。

児姿《ちごすがた》は幽玄の本風也《なり》

鬼夜叉《おにやしゃ》が生れたのは父観阿弥が三十二歳の時で（貞治二年・一三六三）、間もなく観阿弥は大和の結崎《ゆうざき》へ進出したらしい。

応安七年には京都の今熊野《いまくまの》で演能を行い、観阿弥の至芸と鬼夜叉の魅力は、若き将軍義満《よしみつ》の心を忽《たちま》ちとらえてしまった。時に鬼夜叉は十二歳、二条良基《よしもと》と会ったのもほぼその頃で、藤若という名を賜り、しばしば連歌や蹴鞠《けまり》の場《にわ》で才能を発揮したようである。

それにしても藤若はどこでそのような芸を覚えたのであろうか。私がおもうにそれはもっぱら結崎の周辺に集っていた芸能人からで、表向きは「乞食《こつじき》」とさげすまれながら、和歌や連歌にひそかに技を磨いていたのではなかったか。山伏の芸能も忘れてはなるまい。彼らの間では平安末期ごろから「延年《えんねん》の舞」が盛んで、法会《ほうえ》の際などに弁慶のような遊僧たちによって舞われていた。朝廷風の蹴鞠は東大寺で習ったかも知れないが、猿楽や田楽以外にも学ぶことは多かったに違いない。大和猿楽が「物真似《ものまね》」を主にしたことも重大な要素で、利発な藤若は手当り次第といってもいいほどに自分の糧《かて》となるものを吸収して行った。

たとえば高橋殿という義満の愛妾《あいしょう》はまことによくできた女性で、お酌などでも控えるべき時はひかえ、勧める時にはすすめて、万事につけて理想的に行動したので、藤若はこのような人を「色知り」というのだと思ったと語っているが（「中楽《さるがく》談儀」）、芸道とは関係のないふつうの人々の立居振舞まで自分の中に取入れていたのである。そこに「よろづの物まねは心根なるべし」という言葉が生れた。また作曲については、「ただ、言葉の匂《にほ》ひを知るべし。文章の法は、言葉をつづめて、理のあらはるるを本とす」なども、文章を書くものにとっては大いに参考になる。

お能といえば幽玄というのが通り相場になっているが、もとは中国から来た言葉で、幽冥《ゆうめい》の国のこととか、幽《かす》かで奥深いこと、幽遠で玄妙なこと、などの意味があった。日本で盛んに使われるようになったのは、俊成・定家の時代で、主として和歌の姿のことをいったが、つかみどころのない点では同じであった。

和歌の伝統をうけついだ猿楽に至って、それは一つの理念となり、世阿弥は幽玄を無上のものと考えるようになった。「花」は外に向って美しく見えるもの、珍しくて面白いもの、またその時々に取出すことのできる自在な芸の表現をいったが、「幽玄」はもっと奥深いところからにじみ出る雰囲気のようなものを意味したと思われる。稀《まれ》には花と幽玄の区別がつきにくい時もあるが、それは技術ではなく、自然に身にそなわった美しさで、しいていうなら例の古今の序に在原業平《ありわらのなりひら》を評して、「しぼめる花の色無うて匂ひ」の、その匂いの如《ごと》きものといえるであろうか。これでは少しも説明したことにはならないが、かりに「花」を具体的な美しさととらえるなら、「幽玄」は抽象的な美と解しても間違ってはいないと思う。

一方では義満の寵童《ちょうどう》として傍近く仕えるかたわら、観阿弥とともに諸国を廻って猿楽の興行に忙しい日々を送っていたが、その間にも藤若は父親の芸を盗むことに余念なかった。いったい芸道においては教えられることはわずかな技術だけで、盗む以外に身につける方法はない。たとえば観阿弥は田舎に行くと、自分の芸の高さは落さずに田舎の人々にも解《わか》りやすいように演じたり、鬼の物真似でもけっして荒々しくはなく、必ずどこかに美しい花をそえることを忘れなかったし、老人になっても相手の若者に花をもたせつつ、なおかつ自分の花を生涯《しょうがい》持ちつづけたことに藤若はいたく感心し、自分もいつかはそうなりたいと願っていたに相違ない。

観阿弥が駿河《するが》の国浅間神社の奉納能の後で亡《な》くなったのは至徳元年（一三八四）五十三歳の時で、藤若は二十二歳であった。「その日の申楽、ことに花やかにて、見物の上下、一同に褒美《ほうび》せしなり。……これ、まことに得たりし花なるがゆゑに、能は、枝葉も少なく、老木になるまで花は散らで残りしなり。云々《うんぬん》」

それから約十五年を経て「花伝書」は成った。おそらく一気に成ったわけではないだろうが、その中に「世阿」と署名しているのをみると、三十七、八歳に達してゆるぎのない自信を得たのだと思う。

応永十五年の春には、後小松天皇が義満の北山第に行幸され、数度にわたって猿楽をごらんになった。現在の金閣寺はその遺構で、世阿弥は猿楽の頭《とう》のような立場で、種々忙しく世話をしたに違いない。彼は自分のことはあまり書かない人だったから何を舞ったか記していないが、その年の五月に義満は死んだ。

パトロンが亡くなると芸人は哀れなものである。四代将軍義持《よしもち》は猿楽より田楽の方が好きだったらしく、増阿弥《ぞうあみ》をひいきにし、その頃から猿楽より田楽の興行の方が多くなって行く。世阿弥も増阿弥の芸はみとめていたので問題はなかったが、足利将軍家の内部でも紛争が絶えず、将軍が殺されたり若死したりしてもめていた。

その間に甥《おい》の音阿弥が名声を得るようになり、世阿弥は同族とはいえ彼の芸を買っていなかったため、猿楽の将来を憂《うれ》えたのと、時間に余裕ができたのか、急に執筆が多くなる。学者によっては、このころから具体的な表現をさけて、抽象的な、或《ある》いは非現実的な方向へ走ったといい、それを年齢のせいで心身がおとろえたのだという人もいるが、私などは「風姿花伝」以後の文章の方に興味がある。

とはいえ同じ人が書いたのだから、共通するものがあるのは当然だが、たとえば「至花道」(応永二十七年―五十八歳)に記した「闌位事《らんいのこと》」などは、世阿弥がすべての技をマスターした上で、心のままに演じられるようになった自在の境地を示すものであろう。

この芸風に、上手のきはめいたりて、闌《たけ》たる心位にて、時々異風《いふう》を見する事のあるを、初心の人、これをまなぶ事あり。このたけてなす所の達風、左右《さう》なくまなぶべからず。何と心えて似せまなぶやらん。

「闌」は「乱」に通ずる文字で、みだりがわしいこと、乱雑なこと、まばら、おとろえる、つきる等々、さまざまの意味合いがあるが、いずれにしてもろくなことではない。上手な人は、何をしても間違いがなく、正しいことしかやらないので、見物にとっては珍しくない。そんな時に、してはいけない「非風」をたまにまぜれば新鮮に見え、見物にとっては非風が却《かえ》って「是風」となる。

これは、上手の風力をもて、非《ひ》を是《ぜ》に化かす見体《けんたい》也。されば面白き風体をもなせり。これを初心の人、たゞおもしろき手と心得て、似すべき事におもひて、これをまなべば、もとより不足の手なるを、おろかなる下地に交じふれば、炎に薪木をそふるがごとし。

世阿弥はバサラ大名で有名な佐々木道誉《どうよ》とも交流があったと述べているから、案外そういう人たちからも影響をうけたのではあるまいか。たしかに「闌位事」にはバサラの精神が生きている。佐々木道誉は乱暴狼藉《ろうぜき》を働いたので有名な人物だったが、教養も行儀作法も心得た上でのワルであり、けっして無知蒙昧《もうまい》な野人ではなかった。「かやうな奥風《あうふう》を見るにつけても、はじめの二曲三体（舞歌二曲と三体の物真似）の習風を、立ちかへり立ちかへり見得すべし」といい、別に「二曲三体の絵図」まで書き残して教えている。

――「至花道」で世阿弥はこういった。

「児姿《ちごすがた》は幽玄の本風也《なり》」

舞と歌の二曲を、よくよく身につければ、舞歌は渾然《こんぜん》一体となり、一生を通じて安定した達人となるだろう。

その後、児姿を物真似の老、女、軍の三体に移して、舞歌をすれば、自然に幽玄な風情が表れるに違いない。物真似の三体を、児姿の間はしばらく教えないで、児姿の幽玄を大人になって三体の上に残すことが肝要なのである。

次に老、女、軍三体の人形の絵を描き、それぞれに短い注釈がついている。

老体　閑心遠目

これは衣装を着せてよく見えるための身体の構えである。「花鏡」の中に、先《ま》ずそのものに成り切って、さてその上で老人の技をなすようにいったのはこのことである。老体につづいて、老舞が表れる。老人の舞はことに大切である。のどかで、静かな気持をもって、老体の物真似から自然に舞へ移って行く。これは老尼・老女の場合も同じである。神さびて、閑然たる趣きは、老体の用風（応用）から出ている。

次は女体で、これは「体心捨力」を旨《むね》とする。心を主にして、全身の力を捨てる意味である。「幽玄の根本風とも申すべきか」と、ここでまた「幽玄の根本風」という言葉が出てくるが、「児姿の本風」と違うのは、女体にはもう少年の情趣は失《う》せており、いわば人為的に少年の頃の美しさを復活させねばならない。二条良基の言葉を仮りていえば、「かほたちふり風情《ふぜい》ほけ〳〵として」、或いはまた「まゆのあたりけふりたると申たるは、ほけてゆふのある（放心的でゆらゆらした）かたち」のことである。

男が女に扮装《ふんそう》してなおかつこのように無心でそこはかとない風情を表現するのは容易なことではない。面をつけるからいくらか助けにはなるだろうが、それにつけても身体の持ちようを根本的に変えなければ女にはなれない。そこに「体心捨力」という技が生れた。世阿弥が口をすっぱくしていった「初心忘るべからず」という言葉も、ただ漫然と初心に還《かえ》れ、ということではない。そんなことは誰にもできはしないのだ。彼がいっているのは、若い時の初心を身体に叩《たた》きこんでおけば、身体が覚えているという意味で、そこには気持とか心といったようなあいまいなものは一つもない。花の種を一生身につけていれば、いつでも取り出して見せることができる、といっているのと同じことである。

つづいて女舞の絵が現れるが、これはことに上品で、幽玄な風情を味わうことができる。老、女、軍、三体の中でも、女体をもって最高とする。「体心捨力」を忘れずに、女体を舞の優艶《ゆうえん》な動きに融合させればよい。次の「砕動風」には、「形鬼心人《きょうきしんにん》」の注意書がある。形は鬼であるけれども、心は人間であるから、心身に力を入れずに軽々と振舞えば、動きがこまやかにくだける。それで砕動風というのである。これは「舞」ではなく、「はたらき」といい、老若、童男《とうなん》（「小鍛冶《こかじ》」など）、平家の公達《きんだち》など、狂女も、時によっては砕動風に演じるがよい。

また「力動風」というのは、「勢形心鬼《せいきょうしんき》」（力を元にしてはたらく形）は、心も鬼であるからいかついいでたちで、美しい風情など一つもない。が、人目を驚かし、心を動かす瞬間的な面白さはある。現行曲でいえば、「紅葉狩《もみじがり》」、「野守《のもり》」、「安達原《あだちがはら》」（いずれも後シテ）などは力動風と呼べると思う。

この「砕動風」と「力動風」が、大和猿楽がはじめから持っていた特徴で、大ざっぱにいうと、老体と女体は、近江《おうみ》猿楽から世阿弥が盗んだものである。

天女の舞

舞歌「二曲」と、老・女・軍三体の「物真似《ものまね》」に能のすべては要約されているといっても過言ではないと思う。が、何故《なぜ》か世阿弥《ぜあみ》はその後に、二曲三体とは別に、「天女の舞」という一項を掲げている。

現在、「天女の舞」は、神の能の後《のち》ツレに、あたかも添え物のように軽く扱われているだけで、厳かな神の舞とは対照的に、若者のツレが舞うものになっている。それ故《ゆえ》いつも無視されており、私の知る範囲では、これを取り上げた人はいないようである。それが私には不思議であった。かりにも世阿弥が特別なものとして考えていたかぎり、そこには何か大切なものがかくされているに違いない。何かがある、何だろう、と思いつつ年月がすぎてしまった。

天女をシテとする曲には「羽衣《はごろも》」と「吉野天人」がある。「羽衣」は世界中に流布《るふ》されている白鳥伝説の一つで、能では三保の松原で白龍《はくりよう》という漁師が、釣をしている時に天人のぬぎ捨てた羽衣を見つける。返す・返さぬのやりとりがあった後、天人の舞とひきかえに衣を取戻し、美しい舞を見せるという簡単な筋である。しいて分ければ、最初のワキとの短い問答が「物真似」の部分で、先《ま》ず羽衣を返してくれなければ舞うことはできない、という天人に対して、もし羽衣を返せばそのまま天へ帰ってしまうだろうという白龍の言葉に、天人はこう答える。

「いや疑ひは人間にあり。天に偽《いつは》りなきものを」

有名なセリフである。そこで羞《は》じ入った白龍は衣を返し、物着《ものぎ》（後見座で装束を付ける）となるが、天衣をまとってシテ柱に立った女体は完全に変身をとげている。前後二段に分れている能では、物着は楽屋で行われるが、羽衣の場合は衣を羽織るだけだから後見座で間に合う。この物着のものという言葉には、日本の古い伝統があり、単なる物質のことではない。ものの怪《け》、もの狂い、もの病み、もの思い、ものの哀れ、もの忌《い》み等々、辞書をみるとうんざりするほど出てくるが、「人間の感覚または思惟《しい》によって知ることのできる、すべての有形・無形の物体をさす」と『新潮国語辞典』にあるのは当を得ている。

きものもただの着るものではないことを私たちは知っているから、装束をつけ終ったとたん天上界の住人に成ったことがひと目でわかる。世阿弥はその姿を、二曲三体

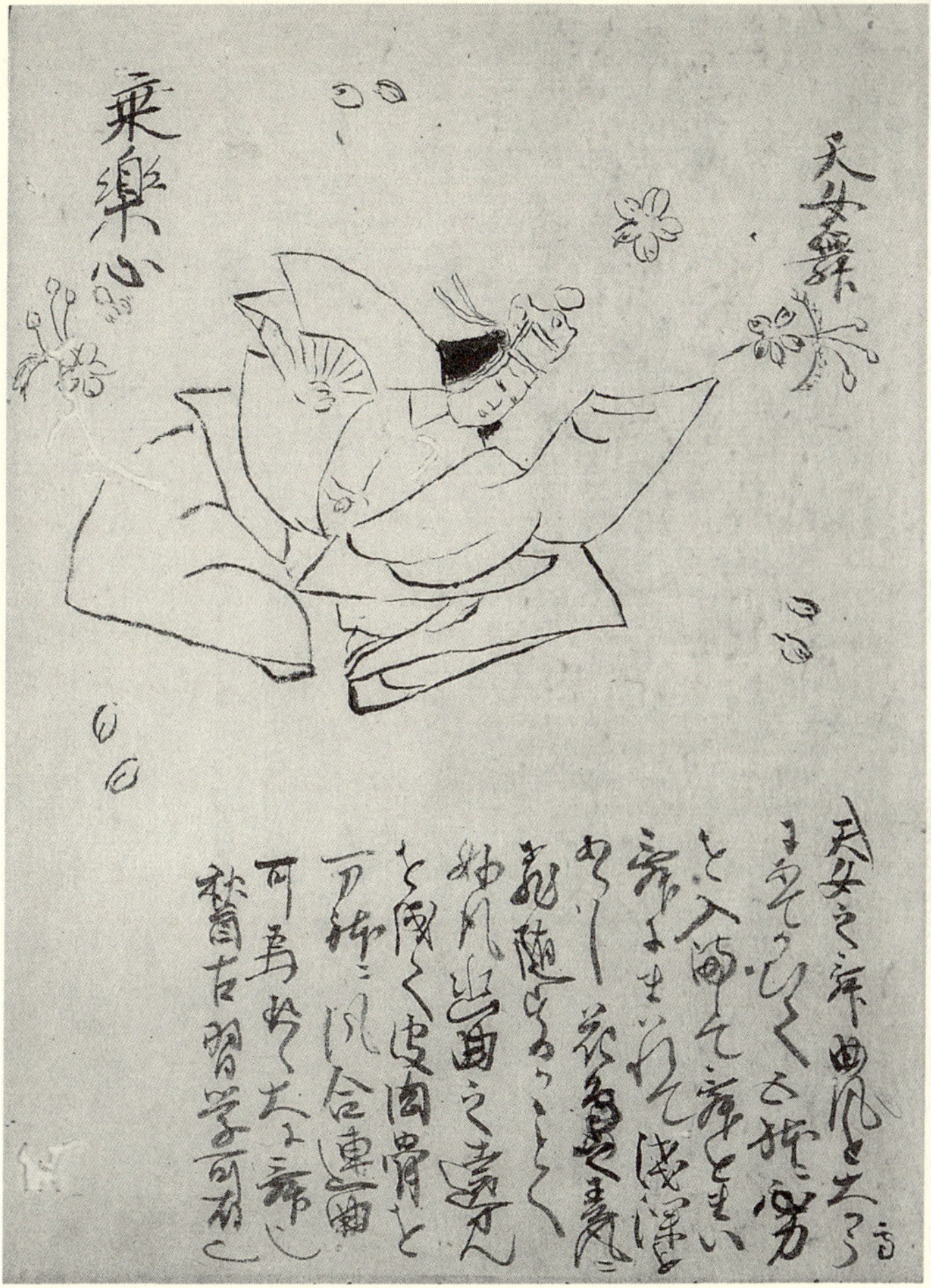

天女舞（法政大学能楽研究所蔵）

の絵のうちでは一番美しく、周囲に花を降らしてはでに描いており、「天女舞　乗楽《じようがく》心《しん》」と記し、次のように形容している。

天女の舞、曲風を大嵩《がさ》にあてがひて、五体に心力を入満して、舞を舞ひ、舞に舞はれ、浅深をあらはし、花鳥の春風に飛随するが如《ごと》く、妙風幽曲の遠見を成《なし》て、皮肉骨を一力体に風合連曲すべし。返々《かへすがへす》、大舞《おほまひ》也。能《よく》々稽古習学あるべし。

また、天女の遊舞は人間界にはないものだから、三体の物真似とは別である。けれども、女体であることは一目瞭然《りようぜん》であるから、ゆったりと大きく舞うことを忘れずに、人間の女に似せてふるまうのは差し支えない、という。

若干の説明を加えると、「皮肉骨」の「骨」は、持って生れた天性の才能で、「肉」は鍛練によって得た円満な芸風、「皮」はそれらの特徴を融合させて完璧《かんぺき》な表現に到達した境地、といえるであろうか。

それにつけても「五体に心力を入満して、舞を舞ひ、舞に舞はれ、浅深をあらはし、花鳥の春風に飛随するが如く」、すべてを忘れて無心に舞うというのは素晴しいことで、真に体験した人でなくてはこのような言葉は吐けないと思う。

たった一度だけだが、私はそういう天人に出会ったことがある。それは友枝喜久夫の「羽衣」で、「羽衣」はよく出る曲なので名人上手の舞を私は何十回も何百回も見ている筈《はず》なのだが、いずれも見事であるのにこの世のものならぬ美に打たれたのは友枝さんだけである。

序之舞が終ると、謡《うたい》は「あづま遊びの数々に」と晴れやかなノリ地となり、広々とした富士の裾《すそ》野を背景にたっぷり舞って見物を堪能《たんのう》させた後、「三保の松原」に雲を巻きおこしつつ天上へ還って行く。

シテは橋掛り三の松あたりで、ふわっと雲に乗ったと見るや、「愛鷹《あしたか》山や富士の高《たか》嶺《ね》」をはるか真下に見て、アッという間に消えてしまった。それは一瞬の出来事だった。私はあっけにとられたというか、狐《きつね》につままれたような気分で長い間夢から醒《さ》めなかった。今でもほんとに醒めたとは言いにくい。

後に友枝さんに会った時、うかがってみると、

「羽衣はやさしいお能ですから、子供にもできますが、ほんとは一番むつかしい曲なんです」

口の重い友枝さんはそれだけしかいわれなかったが、世阿弥の精神は未《いま》だに溌剌《はつらつ》と

生きていることを実感した。「舞を舞ひ、舞に舞はれ、……花鳥の春風に飛随するが如」き姿にまのあたり接したことを私は生涯《しょうがい》の幸福に思っている。

「羽衣」は世阿弥の作であるが、風土記にも出ている民話だから、おそらくそれまでにもさまざまな芸能に脚色されたに違いない。世阿弥はそれらを見て研究しつくした後に、女体の極致ともいうべきかたちを獲得したのではなかったか。父親の観阿弥も、天女だけはついに舞わなかったと彼はいっており、そこに私は世阿弥の鬱勃《うつぼつ》たる矜持《きょうじ》を見る想《おも》いがする。

「吉野天人」は「羽衣」より後にできた曲で、吉野山の桜の盛りに天人が舞い降りて、国土の平和と安穏を寿《こと》ほぐという単純な物語で、「羽衣」の大きさと軽さには遠く及ばない。いくら猿之助が空中ブランコで飛び廻ってみせても、八十歳をすぎた友枝老人が、袖《そで》をひるがえしただけで雲を起した力量とは比べものにならないのだ。「児姿の幽玄」は、天衣無縫の「羽衣」のシテにおいて、はじめて完成したといえるのではなかろうか。児姿にはじまって天人に昇挙される――そういうものが能の美であるといってもまちがってはいないと思う。

先日テレビを見ていた時、衛星放送で「カストラート」という番組をやっていた。

美男のイタリー人が、物凄《ものすご》いヴォリュームのある声で歌っている。それだけのことなら何もびっくりすることはないのだが、一転してソプラノに転ずると、可憐《かれん》なすみれの花が開いて行くような優雅で繊細な音色となる。あのウィーン少年合唱団の合唱でなくては聞けないような清らかな天使の声である。かと思うと突然男声に戻って、怒《ど》濤《とう》のような迫力で聴衆に迫る。失神する女もいた。バルコニィから転落する男もいた。そこはナポリの裏街の劇場で、誰でも飛び入りで歌うことができるらしい。どんなに貧しくても、音楽に関してはナポリの大衆は聞く耳をもっていたから、このような天才が現れたら放っとかない。彼を指揮しているのは歌手の兄で、弟とともに「歌を歌い、歌に歌われ」るかのように、まったく一心同体になって陶酔していた。

その中にひとり正気で耳を澄ましている初老の男がいた。虎視眈々《こしたんたん》と獲物を狙《ねら》っている表情である。かの有名なヘンデルだった。彼は英国の王室劇場を任されていたが、好い歌手がいないため破産に瀕《ひん》していた。まだ荒けずりだが、俺が手をかければ必ず物になる！　これで王室劇場は安泰だ。

凱旋《がいせん》将軍のように群集を押しわけながら帰って行く歌手を、ヘンデルは甘い言葉で誘惑した。金はいくらでももうかる。貴族と対等に付合うこともできる。兄さんといっしょでも構わない……ｅｔｃ。

こまかいことは省くが、それを機に兄弟は、王侯貴族の館《やかた》やヨーロッパのオペラ座を休みなく遍歴するようになる。どうやらカストラートについて語るべき時機が来たように思うが、うわべの華やかさに反して彼らは実に哀れな存在なのである。なまじ美しい声を持って生れたために、その声を一生保つべく去勢されていたからだ。

この映画の主役は、ファリネッリと呼ぶイタリー人で、十八世紀にナポリの片田舎で生れた実在の人物である。伝記のことだから多少のフィクションは交っているにしても、おおむね信じていいように思った。

別にパトリック・バルビエの『カストラートの歴史』（筑摩書房）という研究書もある。それによると、音楽のために去勢が行われるようになったのは十二世紀のスペインで、イスラム教の文化の影響でカトリックでも重要な地位を占めるようになった。十六世紀から十八世紀へかけてがカストラートの最盛期であり、教会側の言い分によると、天使の声をもって神に仕えるから許されたというのだが、ずい分勝手な口実である。「神のみ名において」なら何をしても構わないというのだろうか。さいわいわが国には、そんな強力な神さまも王さまもいなかったから、「宦官《かんがん》」も「カストラート」も輸入されることはなかった。このように残酷な習慣が生れなかったのは、やはり島国であることと、美しい自然にかこまれていたからではなかろうか。ナポリの自然も美しいことでは人後に落ちないが、強烈な太陽と、地中海の紺碧《こんぺき》の空は、嵐《あらし》をはらんでいる。それにひきかえ日本の自然はのどかで、そのために男性はいくらか女性的になったかも知れないが、「カストラート」のような映画を見ると、とても外国人の体力とエネルギイには叶《かな》わない。これからそういう人たちと付合って行かなければならないことを思うと、よほど考えかたを変えなければならないと空恐《そらおそ》ろしくなるのであった。

去勢の手術をうけるのはふつう八歳から十二、三歳までで、当時は衛生事情も最低だったから、命を落すものもいたという。手術をする時は牛乳の風呂《ふろ》につけて、阿片《アヘン》を飲ませて痛みを軽くするそうだが、本人はおそらく何をされているのかはっきりとは解《わか》らなかったであろう。一個の男性として、それを恥辱と感じるのは大人になってからで、ファリネッリは少年の時に、親友のカストラートが自殺したのを見てショックをうけた。カストラートにとっての通過儀礼《イニシエーション》である。その後は度々夢でうなされたり、少し気が変になるが、その度に現れるのは牛乳風呂と阿片の匂《にお》いで、阿片の常習者になりかけるのを兄のリッカルドが必死になって止める。彼らにとっては阿片の甘さより、名声の誇らしさの方が魅力だったのであろう。

二人ともナポリ郊外の貧しい家の出で、九歳ちがいの兄弟だった。リッカルドは弟の声に天才的な美しさを発見し、自分はその声を生かすべく影の人として生活することに徹していた。年はちがっても二人は一卵性双生児のような存在で、そのもっとも象徴的な例としては、たとえば一人の女性がファリネッリに現《うつ》つをぬかしてベッドを共にすると、前半は弟の仕事で、後半はリッカルドが受け持つという奇妙な関係をつづけた。それで三人ともけっこう満足していたが、心の底の底では、「女子供」を喜ばせることなど眼中になかったに相違ない。彼らが挑戦したのは、世界のマエストロ・ヘンデルと、天上の神であった。

面白いことに同じヨーロッパの中でも、合理主義のフランスでは、カストラートがいなかったことである。日本の稚児《ちご》の場合は「自然」に任せたが、フランス人は理論上そんな不自然なことを認めなかった。そこのところが日本人と似ているようで、ちっとも似ていはしないのである。

要するに彼らは人工的なものでしかなかった。日本の大名たちが大金で名物茶碗《ちゃわん》を買ったように、或《あ》るいは一つの城や国と替えることも辞さなかったように、彼らはナポリならナポリのシムボルにすぎなかった。だが、人間のことだから茶碗のように黙っておとなしくしていたわけではない。

聴衆の中にたった一人だけファリネッリを無視して、オペラ座へ来る時も本を手離さない伯爵《はくしやく》夫人がいた。音楽なんかより、哲学の方がずっと高級だと信じていたからだ。ファリネッリは彼女に気がつくと、彼女にだけ向けて、その官能的で抗しがたい魅力で歌い、伯爵夫人は思わず手から本を落してしまった。そんな風にして一人一人自分の美声で征服して行ったが、伝記はそういう話でみちみちている。舞台が違うのでそれぞれ面白いのだが、一々述べている暇はない。しまいには自分の天才を発見し、育ててくれた兄のリッカルドまで物足りなくなって敵視するようになって行った。

「兄さんは霊感のなさを技巧でカバーしようとしている。兄さんが自分の曲につめこんだ装飾音、どんどん増やしていった見掛けの飾り、複雑さ。そんなものはほんとうの音楽じゃない」

その言葉を裏打ちするように、映画ではこれでもかと色とりどりの花やビロードで飾られた室内装飾と貴婦人たちの宝石と衣装を視覚的に映しだしてみせる。すでに物語の筋は必要でなくなり、人間同志の赤裸々な魂と魂とがぶつかり合う。

「全部お前のために作ったんだ」

と威嚇《いかく》するリッカルドに、ファリネッリはもう負けてはいなかった。

「僕の声なんか忘れろ」

と叫ぶ弟の心の中では、兄に対する愛情と怒りがせめぎ合っていたに違いない。

「自分の音楽を考えろ。心を感動させる音楽を書かなくちゃだめなんだ。感情を正しくつかむんだ、感情の本質を……」

あーあ、これじゃどっちかが殺される。殺さなくっちゃ話にならない。私は今か今かと息をこらしていたが、不思議なことにやがてやすらぎの時が来て、リッカルドは田園風景の中を馬を駆って地平線のかなたへ消えて行った。

映画ではその間にいろいろな事件が起り、フェリペ五世が死に、ファリネッリは歌わなくなり、ヘンデルの音楽に魂が入って、みんないなくなった後にヘンデルの作品だけが残った。

今、不思議なことといったのは、先に男二人、女一人の奇妙な関係のことを述べたが、素朴な女性の愛情が真実のものであったために、ファリネッリは奇蹟《きせき》的に救われたのだと私はひそかに思っている。

面白かったのは、その映画のあとにつづいて放映された楽屋話である。何しろ一度しか見なかったので定かではないが、撮影に至るまでには何年もの歳月がかかり、七つのヴァージョンが書かれたという。黒人のテノールと白人のソプラノ歌手が入れかわり立ちかわり、天使のようなファリネッリの声を創作するために、何十ぺんとなくコムピューターにかけられてミックスされた。

さすがは西洋人だ、と私は感心した。私たちにはこれほどの執念深さも気違いじみた情熱もない。はじめから造りものなのだから、どんな精密な機械の産物であろうとかまわない。真似をしてみてもダメなのだ。世阿弥は別のかたちで天上界の住人を創造してみせたが、それははるかに穏やかで閑《のど》かなものだった。今、私の庭には桜が散っている。間断なく流れる花吹雪の中にあって、ファリネッリと世阿弥の間には、犠牲者であることにおいて、目で見るほどの違いはないことを私は想《おも》ってみずにはいられなかった。

竜女成仏《りゅうにょじょうぶつ》

そもそも芸能とは、諸人の心を和らげて、上下の感をなさんこと、寿福増長のもとゐ、かれい（遐齢）延年の方なるべし。きはめきはめては、諸道ことごとく寿福延長ならんとなり。（風姿花伝第五）

世阿弥《ぜあみ》が世の中のすべての芸能に望んでいた信念とは、そういうものであった。一種の幸福論である。それは宗教とは隣りあわせのもので、自分が救われぬところに、見物にも真の悦《よろこ》びを味わせることはできぬ。そう信じていたから工夫をつくして技を磨いたので、「道のためのたしなみには、寿福増長あるべし。寿福のためのたしなみには、道まさに廃《すた》るべし」——これは現在そこらでざらに見うけられる風潮で、お金だけのために努力をしても、けっして成功しないことを語っている。金儲《かねもう》けを名声と言い直しても大差はない。名声の上にあぐらをかいていては道は廃れる。名声がつもりつもって今日の大をなしたのではなく、死ぬまで工夫をつくしたから世阿弥は人生の達人になったのである。

諸人を仕合せにするためには、すべての人を成仏《じょうぶつ》させなくてはならない。が、極楽を描くより地獄の方が複雑である。そこには一人一人の人間のドラマがあり、物語がある。「天女の舞」がむつかしいと世阿弥がいったのは、単純すぎて語ることがないためだろう。極楽なんて退屈だというのは現代人のさかしらで、当時は「往生要集」の思想がしっかりと定着していたことを忘れてはなるまい。

中でも女人は救いがたい存在であった。女人は生れながらにして五障の罪（欺・怠・瞋《しん》・恨・怨《えん》）を背負っており、そのために成仏することがむつかしい。じっくり胸に手をあてて考えてみれば、一々思い当るふしがあり、別に男性上位の社会だからそういう結果になったとも考えられない。女の私がそんなことをいうと叱《しか》られるかも知れないが、ほんとにそうなんだから仕方がない。文句があるならいつでも受けて立ちましょう——これは笑談だが、世阿弥にとってももろもろの罪に悩まされた女はまことに都合のいい対象であったに違いない。

だからといってまったく救いがなかったわけではない。「変成男子《へんじょうなんし》」という言葉は今は変な意味に使われているが、もとは法華経《ほけきよう》のダイバダッタ論から出た言葉で、八歳の竜女《りゆうによ》が仏の功力《くりき》によって男性に変身し、成仏するという説話にもとづいている。例によって釈迦《しやか》の説法の舞台は気が遠くなるほど尨大《ぼうだい》で、何千何万という如来《によらい》や仏弟子や竜宮や城廓《じようかく》や七宝の蓮華《れんげ》などが降る中で行われる一大ページェントだから、それらは省くとして、そこに一人のいたいけな童女がいた。ことし八歳になるサーカラ竜王の娘である。釈迦の説法は深遠なので、とても子供なんかに理解できないと思っているとさにあらず。彼女は三千大千世界に値いする宝珠をもっており、世尊にそれを捧《ささ》げると世尊はそれを快く受けいれ、彼女はその場で悟りの境地に入るのであった。

まったくそれだけでは何のことかわからない。悟りは理窟《りくつ》ではなく、忽然《こつぜん》とおとずれるものだからである。そのためには私が面倒くさくて省いた大きな舞台が必要で、ただ読んでいる間に何だかわからないけれども大海に浮んでいるような好い気分になって来る。夢を見ているような恍惚《こうこつ》とした雰囲気になる。奇跡はそんな時にしか起らない。

これでは禅問答みたいになって読者に不親切だから、逆にささやかな日本の能舞台の片隅で起ったこれまた実にささやかな「事件」について申し述べたい。

「采女《うねめ》」というお能がある。采女とは天皇に仕えた上臈《じようろう》で、昔、奈良の帝《みかど》の采女が天皇の心変りを深く怨《うら》み、猿沢の池に身を投げて空《むな》しくなった。

吾妹子《わぎもこ》が寝ぐたれ髪を猿沢の
池の玉藻と見るぞ悲しき

と、御心《みこころ》にかけて下さったのはありがたいが、それ以上に君を恨んだ執心の呵責《かしやく》は堪えがたい。妾はその采女の幽霊です、と名のって池水に入ってしまう。

後シテは臈たけた采女の幽霊で、草木国土悉皆《しつかい》成仏という仏の誓いに背かぬものならば、世の中のありとあらゆるものは成仏するにきまっている。

「ましてや、人間においてをや。竜女がごとく我もはや、変成男子なり、采女となな思ひ給ひそ」

ここでシテは左の袖《そで》を返し、ワキの僧をじっくりと見こむ。ただそれだけのことなのだが、その瞬間、美しい女がふっと男に成る。それもほんの一瞬のことで、すぐ女に戻るのであるが、「物真似《ものまね》」の流れの中で変るので一つ一つの型を分析するわけに行かない。

説明しすぎることはしたくはないが、「采女」の前シテでは、春日の山に樹《き》の苗を植えるところにはじまる。ただ植えるのではなくて、地の底まで達するようにつきさす。これを一種の性行為の象徴と見なすこともできるが、前シテのこの型と、後シテの「変成男子」とは、そういうところで照応しているのである。

一番わかりやすいのは女性が演じてみることで、ちっとも男らしくなれないか、または気負いすぎて凄《すご》んでみせるか、少くとも滑稽《こっけい》に見えなければ上々というべきだろう。滑稽に見えなければいいなんて、お能の中に入らない。子供の時からあれほど能の世界にいりびたった私が、ふっつり舞うことをあきらめたのは、このことが見えたからである。五十年やったから悟ったというべきか。そこで扇を筆に持ちかえたが、仕事をかえたところで女の業に変りはない。また、一から出直すこととなったが、五十年の失敗の歴史があったことは私にとっての幸いであった。

五障の罪をもっていることでは、さしずめ「道成寺《どうじょうじ》」の清姫などはその最たるものであろう。安珍・清姫の物語は一般に知れわたっているから、説明するにも及ぶまい。能の道成寺はその後日譚《ごじつたん》ともいうべきもので、清姫の霊が白拍子《しらびょうし》に化けて、いとしい人を焼き殺した鐘の供養《くよう》に現れる。そこで美しい舞を舞ってみせている間に、突如竜(大蛇)の本性をあらわし、大音響とともに鐘が落ちる。再び鐘が鐘楼にあがった時には、白拍子は竜と化しているが、最後には住僧たちの祈りに屈服し、日高川へ飛びこんで終りとなる。

「道成寺」の作者はわかってはいない。寺には絵ときのための絵巻物もあるが、室町時代の作で、実際には非常に古くから伝わった民話が、次第に多くのものを吸収して成立ったものに相違ない。上掛《かみがか》り（観世・宝生《ほうしょう》）では主人公は若い娘ということになっているが、下掛《しもがか》り（金春《こんぱる》・金剛・喜多）の諸流では、年増の寡婦《かふ》で、その方が装束その他地味なつくりであるにも拘《かか》わらず、孤閨《こけい》の寂しさから美男の僧にうつつをぬかした執念に真実味が感じられる。一般的にいって、上掛りの能ははでで見せ場が多く、下掛りの方は内面的なリアリズムの点ではすぐれていると思う。

今もいったように、「道成寺」の最後は日高川に飛びこんで（幕に入って）終る。が、それだけでは完全に成仏したことにはならない。で、能の作者は、「望み足りぬと験者たちは、わが本坊にぞ帰りける、わが本坊にぞ帰りける」の一句を足すことによって辻褄《つじつま》を合せるが、何としてもとってつけの感をまぬかれない。ワキの僧たちもさぞ演じにくいであろう。おそらく「道成寺」の先行曲は、日高川に飛びこんだところで終ったので、当時の見物にとっては、それだけでは何とも落着きが悪かった。別言すれば、「寿福増長のもとゐ、遐齢延年の方」にはずれていたからだ。ワキも鎮魂の役をなくして、引っこみがつかなかったに違いない。で、よけいな言葉をつぎたすことになったが、そういう信仰が薄れてしまった今日、はじめの形に還《かえ》して演じてみるのも一興であろう。

さて、法華経では、竜王の八歳になる娘が忽然と悟ったことになっている。私は仏教を研究したことはないのであくまでも素人《しろうと》の想像にすぎないが、竜は異界の住人で、神に近い神聖な動物である。その八歳の娘が悟ったというのは、それが少年ではなくて、無垢な女というところに大きな意味があると思う。彼女にはまだ男女の別はなく、世間の塵《ちり》に汚されてもいない。その存在は仏にささげた宝珠に象徴されており、仏が受けいれたことによって成仏した、もしくは成仏を約束されたことを証している。罪深い女人にとってそれは「希望」を表わしており、法華経というのは仏教の教理というより、一つの大きな物語のような感じがする。

そういう風に考えると、先の「采女」も竜女の一人といえよう。人間の肉体は、猿沢の池に入って死に、竜女となって生れ変った。変成男子と竜女は同義語で、生身の采女はもう此世《このよ》にはいない。竜は鳳凰《ほうおう》や麒麟《きりん》と同じく想像上の産物だが、何もないところから人はものを造り出せない。竜に関する本を読むと、蛇、とかげ、がま、コブラ、むかで、ふか、わに等々のほかに、雷、稲妻、竜巻、つむじ風、大雨などの自然現象にも古今東西の人々は竜を想像した。もしかすると、人間が生れる前の遠い祖先の恐竜の記憶もかすかに残っていたかも知れない。砂漠とはちがって、おだやかな風土のわが国では、ヤマタノオロチでもちょっと役不足で、いまだに大蛇に止どまっている。まして、いもりやとかげではダメである。そんな小動物より自然現象と結びつきやすかったのは、雷や稲妻が神として怖《おそ》れられていたからだろう。雨乞《あまご》いの祈りには必ず竜が参加して、次第に水と竜とは切離せないものとなって行った。

お能にも竜や竜宮がまったく現れないわけではない。その場合の竜は中国か朝鮮と関係があり、日本人にとって大蛇のように身近な存在ではなかった。

能の「海人《あま》」は、「珠取《たまと》り」の伝説でよく知られており、わが子のために竜宮へ宝珠を奪いに行く物語である。讃岐《さぬき》の国、志度寺《しどじ》の縁起に原典があって、能楽以前のさまざまな芸能に脚色されていたらしい。「あの波の底には竜宮がある」と信じて、平家の人々が入水《じゆすい》したように、此世とは別の美しい国が多くの竜神に守られて海中にあった。「海人」の能では、中国から宝珠が日本へ送られてくる途中、讃岐の沖合いで竜神にぬすまれた。それを一人の海人が取返しに行くという「物真似」劇としては最高の演出である。

シテは命綱一本だけを腰につけ、もし珠を取り得たのなら、この縄を動かそう、「その時人々力をそへ、引上げ給へと約束し、一つの利剣をぬきもつて」——もうその時は女ではなく、男に変っている。

かの海底に飛び入れば、空は一つに雲の波、煙の波をしのぎつつ、海漫々《かいまんまん》と分け入りて、直下《ちよくか》と見れども底もなく、ほとりも知らぬ海底に、そも神変《じんぺん》はいざ知らず、とり得んことは不定《ふぢやう》なり。

と、一旦《いったん》はひるむが、また心を取り直して、竜宮の中に飛びこむと、その勢に竜神たちが押されたすきに珠を盗んで逃げようとする。そうはさせじと追っかける悪竜《あくりよう》どもの目の前で乳の下をかき切り、珠を押しこめて倒れ伏した。竜神たちはいちじるしく死人を嫌ったので、あたりに近づくものはなく、かねて約束した綱を引くと、海人はめでたく海上に浮み出たというのである。

昔の物語はそこまでで終ったと思うが、能にはまだ成仏させるという仕事が残っている。後シテは美しい竜女の姿で登場するが、それは八歳の竜女が悟達したという法華経の説話に則《のっと》っている。「海人」の能の終りはやや志度寺の宣伝のような形になっているが、もしかすると本音ははじめからそこにあったのかも知れない。竜には宝珠がつき物で、よく玉をくわえた竜の絵などを見ることがあるが、それは法華経に描かれた竜女の宝珠を示すとともに、人間が行くことのできない竜宮の象徴でもあったからで、浦島太郎の物語も、山幸彦《やまさちひこ》の神話も、海と関係の深い海洋民族が考えた極楽であったろう。

「両性具有の美」というご大層な題名で書きはじめたが、読者も私もそのうち忘れてしまったのではないかと思う。はじめから辻褄を合せることなど考えていなかったから、いつまで書いても終らないのでこの辺で一旦筆をおくことにする。

それにつけてもこの頃の新宿二丁目あたりのおかまは、私が昔知っていた人たちとどこか違う。私がおもうに、真物の衆道は室町時代で終っていたのだと思う。私がごたごた書くよりも、次のひと言が何よりもそのことをよく語っている。古いおかまの友人の一人に訊《き》いてみると、言下にこう答えた。

「そりゃ命賭《いのちが》けじゃないからよ」

解説

大塚ひかり

「男の友情もここまで深くなれば男色関係などあってもなくても同じことで、男女や主従を超えたところにある美しい愛のかたちが、雲間を出《い》ずる月影のように、あまねく下界を照しているように見える」

本書のこの箇所を初めて読んだとき、素直にこういうふうに思える白洲正子が妬《ねた》ましいと同時に、「嘘《うそ》つき」と思った。男色関係があったかなかったかは、ものすごく大きな違いだろう。この人、夫以外の男とあんまりセックスしてないんじゃないか……と、下界の私は邪推したのである。

白洲正子は夫以外の男とつきあいがなかったわけではない。それどころか男友達のとても多い人だ。小林秀雄、青山二郎、河上徹太郎、正宗白鳥、梅原龍三郎、晩年は、高橋延清、河合隼雄《はやお》、多田富雄などなど、広い交友があった。

女を感じさせないタイプだったのかというと、写真を見る限りそうでもなく、とくに小林秀雄や青山二郎と夜を徹して酒盛りをした三十代後半や四十代などは、しっとりとした色香を漂わせた美人に映っているものも少なくない。

だから当然、彼らと「何かあったのでは」と勘ぐられもした。白洲正子は別のところで、こうも言っている。

「小林さんとか青山さんとかね、何かなかったはずはないって、人は思うんだよね。そういう考え方ってケチくさいことだ。男女じゃなくて、人間同士の付合いってもん、あったのよ。不倫なんてわざわざすることない、骨董《こっとう》だって何だって、みんな不倫だもの。旦那《だんな》ほったらかして（笑）」（月刊「太陽」一九九六年二月号）

白洲正子は、小林秀雄や青山二郎、河上徹太郎といった男たちが「特別な友情で結ばれていること」を知ると、「猛烈な嫉妬《しっと》を覚え」、「どうしてもあの中に割って入りたい、切り込んででも入ってみせる」（『いまなぜ青山二郎なのか』）と決心した。そして彼らと、文学や骨董の師弟として、友人として、生涯つきあった。小林は、白洲の夫の次郎とも親友で、子供同士が結婚したので親戚《しんせき》にまでなった。何かあってはそんなつきあいもできまいから何もなかったのだろうが、いいじゃん何かあったとしても。ともするとそういう方向に行きがちな私は、バカにされたようでイヤな気分になった。

それが去年の暮れ、ブ男と美男をテーマにした本を書きつつ、「美男の歴史は男色と切っても切れない関係があるなあ」などと痛感していた折も折、本書の解説の仕事がきた。読み返すと、「両性具有」といいながらすべて男の両性具有の話で、女の両性具有の例は一つもない。しかも全編、日本男色史ともいうべき一冊なのである。

これはどういうことなんだろう。

と考えつつ、彼女の対談集やら全集やらにあらためて神経を集中させると、白洲正子を読み解く鍵《かぎ》が、まさに「両性具有」と「男色」にあると思えてきた。小林秀雄や青山二郎と男女の関係でなく、人間の関係を築こうと決意し、築くことができたのも、「両性具有」と「男色」からアプローチすれば、必然であると思えてきたのだ。

白洲正子は河合隼雄との対談で言っている。

「私の祖父は薩摩隼人《さつまはやと》なんです。彼ら武士の集団では、男色の道を知らない者は一人前扱いされなかった。武士として鍛えられ、教育されることは、男同士の契りを結ぶことでもあったんですね」（「波」九七年三月号、『縁は異なもの』所収）

そして本書では、民俗学者の折口信夫《おりくちしのぶ》の男色のエピソードを受けて、

「究極のところ、伝統というものは肉体的な形においてしか伝わらない」

と断言している。

たしかに能などの芸能はカラダで覚えるしかあるまい。両性具有性が芸能と関わるのも分かる。が、それと男色とは話が別なのではないか。と私などは単純に考えてしまうのだが。白洲正子はほとんどいつも両性具有と男色をセットで語っていて、早くも一九五八年に「女の見た男色の世界」（「新潮」十一月号、『白洲正子全集第十四巻』所収）

という工ッセイで、

「自ら与え、かつ受ける、両性を具備しようとする男色ほど傲慢不遜《ごうまんふそん》なものはない。それは人間に許されない、完全を目ざすことであるからだ」

と言っている。さらに晩年、河合隼雄に「能の幽玄の背後に同性愛的なものがある、と書いておられますが」と言われ、答えている。

「世阿弥がそういう育ち方をしているんです。だから、女にお能は舞えないということが、私、五十年やってよくわかりました。あれは男色のもので、男が女にならなくちゃだめだ、って。精神的なものもそうだし、肉体的にもそうです」（『対座』、『縁は異なもの』）

ならば彼女もまた小林や青山から何かを学び取ろうとすれば、彼らと肉体の交わりをしても良さそうではないか。と、またまた単純な私などは考えてしまうのだが。

男女の場合、もちろん男同士と同じには論じられない。それどころか男色のケもなく、薩摩隼人のように男色によって武士道を身につける習慣もない文士たちは、女を通じて関係を深めていたのであって、そんな彼らとセックスなどした日には、えらいことになるというのは、白洲自身がいやというほど見ているのだ。

「男同士の友情というものには、特に芸術家の場合は辛いものがあるように思う。中原中也の恋人を奪ったのも、ほんとうは小林さんが彼を愛していたからで、お佐規さんは偶然そこに居合せたにすぎまい」（『いまなぜ青山二郎なのか』）
「男が男に惚れるのは『精神』なのであり、精神だけでは成立たないから相手の女（肉体）がほしくなる。と、まあそんな風に図式的にわり切ったのでは身も蓋《ふた》もないが、私はそういう関係を見すぎたために、無視することができないのだ」（同前）
白洲正子は、そうした世界に身を置きながら、男たちを結びつける「女（肉体）」にはならなかった。
が、彼女は最晩年、「恋心？」「そりゃいっぱいあったわよ」と言ってもいる。
「だけど、みんな手出しはしなかった」（「週刊文春」九八年三月五日号「阿川佐和子のこの人に会いたい」、『日本の伝統美を訪ねて』所収）
それは一つには、男たちが彼女を男として見ていた、白洲正子の両性具有性、という か男性性のためでもあろう。白洲は青山に、
「おまえは、俺と小林のおかまの子なんだから、しっかりしろ」（『こころの声を聴く』、『縁は異なもの』）
と言われたと、河合隼雄との対談で言っている。それを受けた河合は、
「白洲さんを同性として見ていたことの現れでしょう」
と答えている。白洲正子は男たちを結ぶ「女（肉体）」にはならずに、「おかまの子」という、一種、両性具有の立場を獲得したのである。

いや、獲得といっても、それは一朝一夕に得た付け焼き刃的なものではない、と思える根深さが、白洲正子の発言には、感じられる。

というのも白洲正子は時に、これほど女の性に関して残酷なことが言えるのは男だからじゃないかと思えるほどのことを平気で書くことがあるのだ。同級生だった華頂元侯爵夫人の不倫の末の離婚を「世間見ず」のお嬢様の退屈の果ての「ふてくされ」と批判し（五一年「文藝春秋・秋の増刊」、『白洲正子全集第一巻』所収）、夫を捨て、共産主義者の若者と駆け落ちした柳原白蓮《びゃくれん》を「『筑紫《つくし》の女王』といわれるほどの女性ではなく、世間見ずのわがままなお姫さま」（『白洲正子自伝』）と揶揄《やゆ》する。

小林秀雄が「畑のキャベツの上の朝露を眺めていて『ああ、もういい』と思ってお咲さんから逃げ出す。この話を聞いて私、ひどく感動したの」などと言う。お咲さんは小林が中原中也から奪った長谷川泰子のことで、前出の「お佐規さん」と同一人物。小林とつきあううちに精神を病み、我慢できなくなった小林が逃げ出したわけだが。内臓をえぐられるような女の悲しみをあえて見ず、そこにすら美を見いだそうとするこの残酷な視線は男のものだ。

いや男だけとは言えない。この視線、どこかで感じたことがあると思ったら、話はそれるが、紫式部だ。紫式部がどれほど「男の目」をもっていたかは、『源氏物語』を読んだ男たちが「男の気持ちがなぜこれほどわかるのか」と不気味がるのを見てもわかるが、紫式部がそうした男の目をはぐくんだいきさつと白洲正子のそれは意外なほど似ている。

漢籍から外来思想を学び、抜群の才を発揮した紫式部は「口惜しう、男子にてもたらぬこそ幸なかりけれ」という父の嘆きを「つねに」聞いていた。一方、白洲も、「『この子が男の子だったら、海軍兵学校に入れたのに』と、ふた言目には家族たちが残念がっているのを耳にして、生れ損ないみたいな気がし、しまいには本気でそう信じるようになって行った」(『白洲正子自伝』)

そして男のものだった能に四、五歳から親しみ、アメリカ留学し、骨董という男の道楽をたしなみ、評論という当時としては男の仕事に挑んだ。同性の性愛に厳しく、「女の子があんな格好して、セクハラもないもんだわ。当たり前よ」(「現代」九四年九月号、『日本の伝統美を訪ねて』所収)と語る白洲の道徳観も、恋多き和泉《いずみ》式部や、男に伍《ご》して女が宮仕えする良さを謳《うた》った清少納言に、筆誅《ひっちゅう》を加えた紫式部と響きあうものがある。

何よりも「むうちゃん」こと坂本睦子という女性への白洲の思い入れは、早死にした「少将の君」への紫式部の同性愛的な感情と通いあう。むうちゃんというのは長谷川泰子と同じく、男たちをつなぐ「女（肉体）」となった人で、白洲の言葉を借りれば「広い文壇の中で、尊敬されている先生から、尊敬している弟子へと、いわば盥廻《たらい》しにされ」、最後は自殺したのだが。『いまなぜ青山二郎なのか』の中で彼女のことを書いた章は、憑《つ》かれたような熱を帯びている。

「彼女とは無二の親友で」、毎月のように関西方面へ取材に行っていた昭和二九年頃は、いつもむうちゃんが京都のホームまで迎えに来て、「夜になると、二人で日本酒を一升づつ飲み、その後でウィスキーを一本あけるというならわしであった」

「彼女のような人間がいたということ、彼女のような稀有《けう》な女性にめぐり会えたことを、私は生涯の幸福とせねばならない。彼女の生前にはわからなかった数々のことが、年をとった今日では、眼から鱗《うろこ》がはがれるように私には見えている。やっと見えたんだヨ、むうちゃん、ありがとう、というよりほかの言葉を私は持ち合せてはいない」

白洲正子が、男女を問わず、手放しでこれほど人への思いをさらけ出すのは珍しい。

彼女がむうちゃんに惹《ひ》かれたのは、彼女が「男の目《め》」で女を愛でることのできる両性具有の人であって、しかも男たちをつなぐ「女（肉体）」だったむうちゃんもまた、実は両性具有の人であり、何かが狂えば白洲正子もむうちゃんになっていたからではないか。

むうちゃんは男のみならず、宇野千代をして「自分が女だと言ふことも忘れて、今直《す》ぐ駆け出してこの人を助けに行かなければこの人は亡《ほろ》びる、とでも言ふやうな、ある差し迫つた心持になつた」（『青山二郎文集』）と言わしめた人だ。そしてむうちゃんと「恋人同士よりはるかに強い絆《きずな》で結ばれていた」という青山二郎は、むうちゃんの女としての魅力は「演技」であり、「女が女形《をやま》に」変じているようなものだと言った。女形とは、女を演じる男の役者のこと。男が演ずるはずの女形を、演じることのできるむうちゃんは本来、限りなく男に近い女性だったはずだ。

にもかかわらず、むうちゃんが演じた「女（肉体）」の部分に惹かれた文壇の男たちの間で「盥廻しにされ」た。「盥廻し」という激しい表現には、むうちゃんへの強い感情移入ゆえの白洲正子の怒りがにじんでいる。

「男の目」を色濃くもちながら女の現《うつ》し身《み》を生きる白洲正子には、むうちゃんの悲劇は人ごとには見えなかったであろうし、自身、辛いこともたくさんあったろう。幼時から好きだった能を「女にはできない」と悟ったこともその一つだったろう。

白洲正子は本書を書いた動機を養老孟司《たけし》に問われて答えている。「もともとは、簡単な話なんですよ。どうして女にお能が舞えないかという」（「新潮」一九九六年十月号、『おとこ友達との会話』所収）

多田富雄にも、「つまり私は最終的に、女にはお能は出来ませんっていうことが言いたいの」（「新潮」一九九五年九月号、同前所収）と言っており、事実、本書はそのように終わっている。

だからこの本は、女ではなく、すべて男の両性具有の美で埋め尽くされている。

けれども、女に能は舞えないと言う白洲正子は、本書にこうも書いているのだ。

「夢現《うつ》つの」死の床で何日も「お能を舞って」いた、と。

「男が女にならなくちゃだめだ」、女は男になれないのだ。と、「男の目」を具有しつつも、女の現し身ゆえ能を（もしかしたら恋をも）やめた白洲正子は、あちらの世界では存分に能を舞った。

その姿をまぶたに浮かべると、能を始めたばかりの、見たこともない四、五歳の白洲正子が、きらきらと現れて、白洲の言う「雲間を出ずる月影のように」、私という「下界を照しているように」、素直に思えてくるのである。


（平成十五年一月、古典エッセイスト）

この作品は平成九年三月新潮社より刊行された。

両性《りょうせい》具《ぐ》有《ゆう》の美《び》

新潮文庫　し - 20 - 8

平成十五年三月一日発行
平成二十一年三月二十五日五刷

著者　白《しら》洲《す》正《まさ》子《こ》
発行者　佐藤隆信
発行所　株式会社新潮社

郵便番号　一六二―八七一一
東京都新宿区矢来町七一
電話　編集部(〇三)三二六六―五四四〇
　　　読者係(〇三)三二六六―五一一一
http://www.shinchosha.co.jp

価格はカバーに表示してあります。

乱丁・落丁本は、ご面倒ですが小社読者係宛ご送付ください。送料小社負担にてお取替えいたします。

印刷・錦明印刷株式会社　製本・錦明印刷株式会社

ISBN978-4-10-137908-1 C0195